SHERLOCK HOLMES
ET LE FANTÔME DE L'OPÉRA

DU MÊME AUTEUR

L'Horreur du West End, Fleuve Noir, 1984.
La Solution à 7 %, Robert Laffont, 1975.

NICHOLAS MEYER

SHERLOCK HOLMES ET LE FANTÔME DE L'OPÉRA

roman

*traduit de l'anglais
par Pierre Charras*

*d'après les mémoires du
Dr John Watson*

ARCHIPOCHE

Ce livre a été publié sous le titre
The Canary Trainer
par W. W. Norton & Company, 1993.

Si vous souhaitez recevoir notre catalogue
et être tenu au courant de nos publications,
envoyez vos nom et adresse, en citant ce
livre, aux éditions Archipoche,
34, rue des Bourdonnais 75001 Paris.
Et, pour le Canada, à
Édipresse Inc., 945, avenue Beaumont,
Montréal, Québec, H3N 1W3.

ISBN 978-2-35287-127-9

Copyright © Nicholas Meyer, 1993.
Copyright © L'Archipel, 1995, pour la traduction française.

*Pour Lauren, Rachel et Madeline,
avec tout l'amour du monde.*

Préface
du responsable de la publication

Bibliothèque Beinecke
Département des collections spéciales
Université de Yale
New Haven, Connecticut

11 décembre 1992

Cher Monsieur,

C'est en tant que conservateur adjoint des collections spéciales à la Beinecke que je vous écris pour vous demander conseil et assistance.

Comme vous le savez peut-être, la Beinecke abrite un nombre immense de documents de valeur et de manuscrits provenant de donateurs du monde entier.

Dernièrement, nous avons transféré la totalité de notre catalogue sur informatique afin d'en faciliter l'utilisation. Cette opération nous a coûté plusieurs mois de travail (et deux millions de dollars). Ce faisant, nous avons mis au jour diverses pièces qui n'avaient été ni formellement identifiées ni correctement étudiées lors de leur acquisition.

C'est le cas de quelques documents appartenant à la donation Martha Hudson, dont le beau-frère, Gerald Forrester, fut un distingué étudiant de Yale (promotion 1903). L'université est en possession de ces pièces depuis plus de cinquante ans.

J'admets, à ma grande honte, que le nom de Martha Hudson ne signifiait rien pour mon prédécesseur et c'est pourquoi, je le crains, ses papiers n'ont pas été traités avec le soin qu'ils méritaient. C'est seulement lors du transfert sur fichier informatique que nous nous sommes aperçus que cette Martha Hudson fut pendant trente ans la gouvernante de Sherlock Holmes.

La plupart des dossiers de Mme Hudson ne présentent que fort peu d'intérêt. Ils renferment surtout des livres de comptes domestiques qui renseignent (bien mal) sur les dépenses et les habitudes d'un célibataire de la fin de l'époque victorienne, et sont, de ce fait, susceptibles de retenir l'attention d'historiens-sociologues spécialisés dans cette période.

C'est à vous que je m'adresse, pourtant, car nous avons découvert dans cette donation un manuscrit qui semble être de la main de John H. Watson, le biographe de Holmes. Nous ignorons absolument comment il a pu se retrouver au milieu des registres de Mme Hudson. Peut-être, l'essentiel du texte rapportant une longue déposition de Holmes lui-même (c'est-à-dire son employeur), s'est-on mépris sur l'auteur. Nous ne sommes pas en mesure d'expliquer comment Mme Hudson est entrée en possession d'un tel document (M. Forrester est lui-même décédé en 1953 et n'a laissé aucun héritier susceptible de nous éclairer sur ce sujet).

Eu égard à vos travaux passés dans ce domaine, la bibliothèque a pensé que vous seriez peut-être intéressé par la lecture de ce texte, en vue d'une publication par vos soins.

Je pars en vacances pendant les fêtes et ne serai de retour qu'après le Nouvel An. Vous pourrez alors me joindre à l'adresse ci-dessus, par téléphone ou par fax. Si nous ne nous rencontrons pas d'ici là, je vous souhaite un joyeux Noël.
Sincèrement,

Fred Malcolm
Conservateur adjoint.

Cette lettre explique mieux que je ne pourrais le faire comment le manuscrit qui suit a revu le jour. Au risque de paraître grincheux, je m'étonne que le métier de bibliothécaire soit dans un état de déréliction tel qu'un trésor de cette importance ait dû patienter sous la poussière d'un rayon pendant un demi-siècle. À quoi sert de posséder des masses de documents si personne ne prend la peine de les lire ? Il est trop facile de reporter toute la responsabilité sur les administrations Reagan et Bush en dénonçant leur politique d'éducation et de recherche et en se lamentant sur le manque d'effectifs. L'incurie des dernières années ne change rien au fait que cette perle a dormi là pendant des décennies. On peut aussi bien imaginer que des extraits de *Huckleberry Finn* ou de *Pour qui sonne le glas*, et Dieu sait quoi encore, attendent à ce jour d'être publiés – et pas au fond d'un grenier privé, ce que je pourrais comprendre, mais dans les locaux mêmes des institutions dont la raison d'être est de les protéger et de nous les restituer. Mais brisons là.

Quelques mots sur l'œuvre elle-même.

Depuis la mise au jour du prétendu fragment Swingline-Dobson en 1970, toute une industrie de manuscrits watsoniens « tout-juste-découverts » est venue empoisonner l'univers des études sherlockiennes. Certains d'entre eux sont peut-être authentiques, d'autres probablement pas. Ces falsificateurs enthousiastes ne font que suivre les traces des auteurs de l'autobiographie de Howard Hugues ou celles des rédacteurs du journal de Hitler.

Le premier problème que pose tout texte watsonien, c'est bien sûr celui de son authenticité. Dans le cas présent, à la question de la provenance s'ajoutent plusieurs facteurs.

Tout d'abord, bien que le papier et l'encre correspondent à l'époque et au lieu, et que le document lui-même semble indiscutablement de la main de Watson[1] (sur un support assez inégal), il ne s'agit pas d'une affaire dans laquelle ce dernier joue un rôle de témoin ou d'acteur. Le texte de Watson fut apparemment dicté, tout ou partie, par Holmes en personne, ce qui brouille singulièrement le style propre de l'auteur, l'un des éléments les plus fiables pour attribuer une œuvre. La voix de Holmes n'est pas celle de Watson et, même si la relation d'une enquête par Holmes a des précédents (*La Crinière du Lion* vient immédiatement à l'esprit), il s'ensuit une disparité stylistique qui ne peut que compliquer la tâche de ceux qui voudraient parvenir à une certitude.

---

[1]. Le papier et l'encre ont été examinés par le département d'expertises légales de Scotland Yard et par le professeur Van Meegrin de la National Gallery de Londres. L'écriture a été authentifiée comme celle de Watson par deux experts faisant autorité dans ce domaine, mais que je ne puis nommer, à Langley, en Virginie.

Il est également très difficile d'évaluer avec précision la contribution de Watson. Comme je l'ai dit, l'écriture est la sienne, mais comment savoir dans quelle mesure il n'a pas modifié, raccourci ou au contraire développé le récit de Holmes ? J'ignore pourquoi il ne fut jamais dactylographié[1] (ce qui eût sans doute amené Watson à ajouter encore corrections et variantes). Il se peut que Holmes soit reparti courir le monde avant que Watson (qui, semble-t-il, l'interrogeait) ait eu le temps de remettre de l'ordre dans tout cela. Le manuscrit s'interrompt avec l'arrivée soudaine de Herbert Asquith, et Watson a peut-être pensé, dans un accès de paresse, qu'il achèverait tout cela plus tard – mais il n'en fit rien.

(Ainsi, il nous est impossible d'apprécier le degré de contrôle de Holmes sur les textes de Watson. D'un côté, on le voit constamment se moquer des efforts de celui-ci, tournant en dérision sa sensiblerie et son manque de logique pure – « ce qui revient à faire passer une histoire d'amour ou un enlèvement par le canal de la cinquième proposition d'Euclide » – mais, de l'autre, il est clair que tout ce qui a été publié l'a été avec son accord. Il se peut que Holmes, comme beaucoup de célébrités, se soit conformé à son image publique.)

Quant à la rédaction proprement dite, rien ne permet de décider si Watson a, oui ou non, tout noté sous la dictée. Certaines parties donnent l'impression d'une composition hâtive ; l'écriture est presque illisible, avec

---

[1]. Peut-être une transcription dactylographiée révisée et complétée existe-t-elle (ou a-t-elle existé) quelque part. Si elle n'a pas été détruite, certaines interrogations pourraient trouver un jour leur réponse.

des abréviations et d'autres éléments suggérant une sorte de sténographie personnelle rendue nécessaire par le souci de suivre la cadence du narrateur. À d'autres endroits, pourtant, la graphie, et le style lui-même, évoquent une méthode de composition plus paisible, indiquant que Watson aurait bien pu « créer » au lieu de se contenter de transmettre.

En résumé, je prévois d'interminables débats sur l'authenticité de ce document. Je n'avancerai aucune opinion personnelle, excepté celle-ci : la présence de Holmes à Paris est certes aussi vraisemblable que la présence de Holmes au Tibet, ce qui – Watson le révèle dans son texte – fut mis en doute par quelques lecteurs avertis dès 1912 ! Tout ce que l'on peut espérer, si ce manuscrit est authentique, c'est que, d'une manière ou d'une autre, les érudits et le public puissent à l'avenir en apprendre plus sur la « Grande Lacune », comme on a appelé les années manquantes. (Pour ma part, ce que Holmes laisse entendre à Watson à la fin de ce texte, à propos de sa destination suivante, n'a pas manqué d'éveiller ma curiosité.)

Chaque fois qu'un mot ou qu'un élément de phrase était illisible, j'ai fait de mon mieux pour restaurer ce qui me semblait correct, mais je n'ai pas cru utile de mettre ces petites interpolations entre crochets, pour ne pas alourdir la narration. Cependant, si le style qui en résulte paraît parfois hésitant, c'est à moi que le lecteur devra adresser des reproches et non à Watson.

Une dernière note (si j'ose dire) : le récit de Holmes fait souvent référence à la musique classique, sujet sur lequel mes compétences sont très limitées. Il s'ensuit que, dans mes annotations, je ne suis pas toujours le mieux placé pour confirmer ou infirmer ses déclarations et ses jugements. J'espère que le lecteur ne m'en tiendra pas rigueur.

Je ne vois rien d'autre à ajouter. Sinon prier tous ceux qui se sentent concernés d'écrire à Yale pour exiger que l'on prenne mieux soin de ce qui leur est confié.

Nicholas Meyer
Londres, 1993.

Introduction

La reine morte

— C'est sans aucun doute une affaire des plus mystérieuses, Watson. Quelles sont vos hypothèses ?
Je dois reconnaître que j'avais plus d'une fois entendu des paroles assez semblables. Et de nouveau, il me fallut bien confesser mon ignorance.
— La reine est tout à fait morte, commençai-je.
Sherlock Holmes fit apparaître une grosse loupe et s'en servit pour examiner le cadavre.
— Brillant, Watson. Vos dons d'observateur ne vous ont pas abandonné. La reine est tout ce qu'il y a de plus morte. La question qui se pose, c'est : qui l'a tuée ?
Surmontant l'amertume que me causait ce ton de condescendance auquel je n'avais jamais pu me faire, je me joignis à son examen.
La reine gisait, immobile, nous mettant en demeure de deviner la cause de son brusque décès.
— Sur qui se portent vos soupçons ?
— Il n'est pas bon de théoriser avant de constater, me rappela-t-il. Ça ne peut que fausser le jugement.
— Avez-vous l'intention de pratiquer une autopsie ?
— Ce serait délicat, concéda-t-il avec un fin sourire, mais peut-être pas totalement impossible.

— Je ne vois aucune trace de violence sur le corps, lançai-je.

— En effet, renchérit le détective, et pourtant je jurerais qu'il ne s'agit pas d'une mort naturelle. Enfin quoi, hier encore elle pondait allègrement des œufs et la voici maintenant froide comme du marbre, sa couronne déjà promise à une autre en attendant que son royaume sombre dans le chaos !

Nous étions en 1912 et nous trouvions à Burley Manor Farm, sur le versant nord des Sussex Downs, à un peu moins de cinq miles d'Eastbourne, où Holmes et Mme Hudson, qui avait veillé sur notre logement de Baker Street, profitaient maintenant d'une modeste retraite. Il m'arrivait souvent de passer le week-end en leur compagnie car il ne me fallait pas plus d'une heure d'express pour aller jouir de leur magnifique vue sur la Manche.

Le départ de Holmes avait été pour moi aussi mystérieux que tout ce qui le concernait, aussi arbitraire et, en quelque sorte, aussi caractéristique de son tempérament imprévisible. C'était un peu comme s'il s'était levé un beau matin en décrétant qu'il était las de Londres, car il m'informa sans détour qu'il avait l'intention de déménager dans les South Downs et d'élever des abeilles. Il s'était, semble-t-il, découvert cette passion au cours d'une enquête à laquelle je n'avais pas été associé.

— Lorsqu'un homme est las de Londres, il est las de la vie, lui dis-je, citant Johnson, mais son esprit logique décela aussitôt la faille dans mon argument.

— Je ne suis pas las de la vie, je suis las d'une vie de crime, et de crasse, répliqua-t-il, posant, par la fenêtre, un morne regard sur les toits. Je vais me retirer et élever des abeilles.

Je fis de mon mieux pour le détourner de ce stupéfiant projet ; de fait, ses débuts d'apiculteur ne manquèrent pas de justifier mes pires craintes. Il fut cruellement piqué et, plus d'une fois, je dus lui venir en aide. Fort heureusement, un médecin, en l'occurrence moi-même, était disponible, et plus heureusement encore, Holmes n'était pas allergique, comme beaucoup de gens le sont, aux piqûres d'abeilles.

Mais il ne se décourageait pas et s'entretenait fréquemment avec son maître en zoologie, M. Sherman, originaire de Lambeth et, pour sa part, en retraite à East Acton. Ce que Sherman ignorait sur l'apiculture, il s'appliquait à le découvrir pour le compte de Holmes. Plus d'une fois, il séjourna chez le détective et aida mon ami à cultiver sa manie. Ils passaient des heures dehors en conférence secrète, coiffés de filets et désignant divers endroits du parc. Ces promenades conduisirent à l'édification d'une colonie de ruches, placées au hasard dans le jardin et qui, à mon goût, n'ajoutaient rien à la beauté de la propriété.

En tant que médecin de Holmes, ma répugnance à le voir s'adonner à une activité manifestement dangereuse n'avait d'égale que la perplexité qu'éveillait en moi un tel engouement.

— Je n'arrive pas à comprendre comment ces insectes nuisibles et bruyants peuvent vous fasciner, le grondai-je un matin, tout en le soignant pour une série de piqûres dont il souffrait depuis ma précédente visite.

Il rit, grimaçant lorsque j'appliquai l'alcool, et alluma une cigarette.

— Un changement total est parfois stimulant, remarqua-t-il. Vous n'ignorez sans doute pas qu'après avoir écrit *Guerre et Paix*, Tolstoï s'est mis à étudier le grec ancien.

— Le grec ancien, passe encore, mais les abeilles ! répliquai-je, têtu.

Il soupira.

— Je vous fais remarquer que les abeilles sont une réduction idéalisée de l'humanité, poursuivit-il en rejetant la fumée dans un brusque mouvement de menton. Vous avez les ouvrières, les mâles, les capitaines d'industrie, les princes du commerce, ensuite les architectes et les constructeurs, et enfin la reine, présidant l'ensemble, véritable mère de son domaine. Pas étonnant si les mormons, si durs au travail, ont choisi les abeilles comme emblème[1].

— Je trouve cette comparaison bien fantaisiste, observai-je.

— Comment cela ?

— Eh bien, tout d'abord, comme vous n'avez sans doute pas manqué de le constater, votre société ne compte aucun criminel.

— J'ai parlé de réduction idéalisée, mon ami.

— Mais enfin, vous qui regrettiez tant la pauvreté d'imagination des malfaiteurs lorsque vous exerciez vos talents de détective, vous n'allez pas soutenir qu'une telle société, libérée de l'élément qui constituait votre principal terreau, peut vous satisfaire ?

— J'avoue que ce point ne m'avait pas frappé, admit Holmes en se redressant, un sourire aux lèvres. Et pourtant je crois que les utopies peuvent nous enseigner une chose ou deux.

Et la conversation prit fin, comme souvent, me laissant vainqueur d'une bataille mais condamné à perdre la guerre.

---

[1]. Holmes se familiarisa avec les mormons lors d'une rencontre rapportée dans *Étude en rouge*.

Je dois reconnaître qu'avec le temps, les abeilles de Holmes prospérèrent. Il se fit piquer de moins en moins, puis plus du tout. Son savoir-faire dans le maniement de la fumée et des filets s'accrut, tout comme la confiance des abeilles. Bientôt, Holmes put se passer des conseils de Sherman. Au bout du compte, il abandonna même le filet et évolua parmi les ruches en invité bienvenu, sinon attendu.

J'avoue que mon scepticisme fut gravement battu en brèche, lors d'une visite fin 1910, quand je goûtai pour la première fois au miel que Holmes récoltait. Il était si délicieusement doux et se mariait si bien avec les rôtis que Mme Hudson elle-même fit taire ses réserves sur le passe-temps excentrique du maître.

— Vous savez, monsieur, lui dit-elle ce dimanche-là au petit déjeuner, vous en tireriez un bon revenu si vous en vendiez.

Il me sembla qu'elle avait attendu ma présence pour évoquer le sujet, comme si elle avait compté sur mon appui.

— Vous le pensez réellement, madame Hudson ? dit Holmes en s'interrompant alors qu'il avait entrepris d'étaler du miel sur une tartine beurrée.

— Je n'ai aucun doute là-dessus, monsieur. Nous pourrions faire imprimer notre propre marque et Bill livrerait les pots à Londres – ou n'importe où ailleurs, ajouta-t-elle.

Mais, voyant que Holmes commençait à pouffer en silence, elle conclut d'un air pincé :

— Enfin, c'était juste une idée comme ça.

— Je vous prie de m'excuser, Mme Hudson. Votre suggestion est intéressante et je vais y réfléchir très sérieusement.

« Ma principale objection, me confia-t-il après qu'elle eut débarrassé la table, c'est que je suis venu ici prendre ma retraite. J'aimerais poursuivre mes petites études, peut-être écrire un peu sur l'élevage des abeilles, mais je n'ai aucunement l'intention de me lancer dans le commerce[1]. *Miel Supérieur Sherlock Holmes* est un intitulé qui engloutirait une grande part du repos que je suis venu chercher ici. »

Par la suite, mes visites se raréfièrent. Malgré la courte distance qui nous séparait, mon métier et ma vie domestique m'absorbèrent[2].

Je savais qu'il arrivait à Holmes de se rendre en ville, mais je ne l'y vis pourtant jamais. Le grand détective était sollicité chaque fois que la police de notre vertigineuse métropole avait besoin de ses services. Holmes ne se faisait pas exagérément prier lorsqu'on faisait ainsi appel à sa compétence. Il aimait entretenir son tour de main, disait-il, comme pour se prouver à lui-même que ses facultés n'étaient pas entamées.

Je suis au courant de trois de ses voyages. Le premier concernait un rapt de tigre ; le deuxième était lié à l'affaire du joueur de flûte ; quant au dernier, j'ai le devoir de n'en rien dire. Peut-être un jour raconterai-je en détail ces aventures dont l'une au moins devrait déstabiliser la famille régnante d'une vieille dynastie européenne[3].

---

1. L'expérience apicole de Holmes eut pour toute retombée éditoriale l'ouvrage classique publié à compte d'auteur, *Manuel pratique de l'élevage des abeilles, suivi de quelques observations sur la sélection de la reine* (1914).
2. Nous avons très peu de renseignements sur la vie de Watson pendant cette période. Apparemment, il s'était remarié, mais la localisation de son cabinet reste incertaine.
3. Ces voyages à Londres ne sont mentionnés nulle part ailleurs. Holmes a laissé l'impression qu'il n'a pas quitté les Downs pendant toute cette période.

Ce n'est qu'en juin 1912 que je pus passer trois semaines en compagnie de mon vieux camarade, dans un bain de paresse et de miel.

Pour ce qui est de la reine morte, dont nous examinions alors la dépouille, Holmes diagnostiqua qu'elle avait succombé à une gelée tardive. Plusieurs mâles avaient péri en même temps, et Holmes désigna comme coupable une brusque chute de température. Il était devenu si savant à cette époque que je ne me hasardai pas à mettre en doute son verdict.

— Et il n'y a pas que les abeilles, m'informa doucement Mme Hudson, un matin, dans la cuisine.

— Que voulez-vous dire ?

— Je veux dire que le ministre des Affaires étrangères nous a rendu visite juste avant votre arrivée, me confia-t-elle dans un souffle. Et, si vous voulez mon avis, il n'était pas question d'abeilles. Eh bien le maître l'a envoyé promener ! Sir Edward n'avait pas l'air très content en s'en retournant à la gare[1].

Je n'éprouvai pas le désir d'en savoir plus sur ce sujet.

Les jours passaient paisiblement, et je m'étonnais de les voir si remplis. Holmes continuait de consulter toute la presse, mais il lisait maintenant les journaux de la première à la dernière page, au lieu de se limiter, comme par le passé, aux faits divers et à l'examen minutieux des crimes sensationnels ou terrifiants.

— Voilà qu'ils s'en prennent encore au Dr Freud, remarqua-t-il un matin, à propos d'un article en page trois.

On ignore généralement que Holmes était très au fait des activités du médecin viennois si controversé,

---

[1]. Le ministre des Affaires étrangères de l'époque était Sir Edward Grey.

mais il ne m'est pas permis de détailler leurs relations[1].

— Ils persistent à trouver ses théories fantaisistes, acquiesçai-je, ayant moi aussi lu l'information qui traitait d'une série de conférences de Freud en Amérique[2].

— Et, partant de ses théories, ils en arrivent à méjuger l'homme lui-même et finissent par le condamner.

Holmes secoua la tête et prit sa nouvelle pipe en cerisier avant d'ajouter :

— Ils passent complètement à côté du problème.

— Et quel est le problème ?

— Tout simplement celui-ci : le Dr Freud est un personnage notable, voire remarquable, en dehors de tous les principes qu'il a pu avancer. Qu'importe qu'ils soient justes ou non, qu'il se trompe ou non dans ses suppositions concernant les femmes, les enfants et même les rêves. Rien de tout cela ne compte car ce à quoi il aspire, c'est l'immortalité.

— Vous pensez qu'il y aspire ?

— Sans le moindre doute.

— Et sur quoi se fonde-t-il ?

— Sur la cartographie.

À cette réplique tellement inattendue, je crois bien que ma mâchoire inférieure s'effondra.

---

1. Les détails complets sur les relations entre Holmes et Sigmund Freud ne furent révélés par Watson qu'en 1939. Le prétendu fragment Swingline-Dobson (ainsi nommé par le sténographe qui a transcrit le récit de cette affaire dicté par un Watson très âgé) ne fut découvert que trente ans plus tard et publié en 1974 sous le titre *La Solution à 7 %*.
2. Ou bien la mémoire de Watson lui fait défaut, ou bien ses fiches ne sont pas à jour. À moins qu'il n'ait recours à une liberté d'écrivain : le voyage de Freud aux États-Unis a eu lieu en 1909.

— J'ignorais que Freud dressait des cartes.

— Je vous assure qu'il le fait, même si elles ne sont pas entièrement fiables.

— Holmes, vous vous moquez de moi ! Quelle valeur peut-on accorder à une carte si elle est fausse ?

— Au contraire, dit-il avant de s'interrompre pour allumer sa pipe dont il tira quelques vigoureuses bouffées. Que les cartes de Freud puissent être fausses ne réduit en rien leur portée. Prenez Christophe Colomb ! Les gens se souviennent bien que Christophe Colomb pensait avoir atteint les Indes, mais ils s'en moquent. En l'occurrence, les cartes de Christophe Colomb étaient fichtrement fausses ; mais tellement plus important, de notre point de vue, est le fait que Christophe Colomb fut le premier homme blanc à poser le pied sur une terre jusqu'alors inexplorée et dont l'existence même était encore inconnue de la majorité de l'humanité. La notoriété de Christophe Colomb n'est pas usurpée, et personne n'irait lui reprocher la fausseté de sa carte.

— Et quelle carte Sigmund Freud a-t-il dressée ? Sur quel continent inexploré a-t-il posé le pied ?

— Sur le continent du prétendu inconscient. C'est le premier scientifique à avoir déduit puis certifié son existence. Que les cartes de cette *terra incognita* soient quelque peu approximatives, vous me pardonnerez si je n'en éprouve pas une immense colère. En regard de sa découverte réelle, vous admettrez qu'elles ne pèsent pas bien lourd.

Avec cet exemple et quelques autres, Holmes prouvait bien qu'il avait beau vivre dans ce qu'il se plaisait à décrire comme une retraite, ses facultés n'avaient pas désarmé. Ce fut au cours de ma deuxième semaine de vacances qu'il me fit le témoin d'une autre de ces démonstrations d'intelligence qui ne laissaient pas de m'épater et de me ravir.

— Vous avez raison, Watson, c'est réellement inconcevable, affirma-t-il un soir, à brûle-pourpoint, alors que je contemplais le feu.

— Qu'est-ce qui est inconcevable ?

— Le naufrage du *Titanic*. N'ayez pas l'air si étonné, mon cher ami. J'ai vu que vous regardiez avec un certain trouble le Cunarder, sur la cheminée. Ensuite, vous avez détourné le regard et relu votre *Times*, qui contient certainement bien des hypothèses sur la tragédie. Puis vous avez soupiré avant de vous laisser captiver par les flammes. Ce n'était pas alors un tour de force de deviner vos pensées mélancoliques.

J'admis qu'il voyait juste. Il était effectivement inconcevable, pour moi, qu'une telle chose ait pu se produire.

— Ça vient sans doute de très loin, précisa Holmes. Le malheureux architecte ne pouvait réellement prévoir les conséquences de sa conception.

— Où voulez-vous en venir ?

— Une improbable cascade d'événements, Watson. La coque du *Titanic*, comme chacun sait, était divisée en compartiments étanches.

— Les journaux ont insisté là-dessus.

— Mais ces séparations ne dépassaient pas le pont E qui se situe juste au-dessus de la ligne de flottaison. On peut penser que, pour des raisons esthétiques, M. Andrews n'avait pas eu envie d'en faire plus pour ne pas cloisonner ses spacieux salons.

— Et alors ?

— Lorsque l'infortuné navire heurta l'iceberg, il fut découpé sur toute la longueur tribord depuis la proue. L'eau entra, l'entraînant vers le fond par l'avant. Tandis que la proue s'enfonçait, il était inévitable que l'eau s'engouffrât *par-dessus* le premier compartiment étanche, puis de là dans le deuxième et ainsi de suite jusqu'au dernier. Le navire a dû sombrer presque à la verticale.

— Quelle horrible histoire. Mais, dites-moi, comment savez-vous que les compartiments étanches ne montaient pas au-delà du pont E ?

— C'est dans le journal, je vous l'assure, mon cher ami. La plupart des données s'y trouvent. Il suffit d'être assez patient et obstiné pour les dénicher comme un cochon détecte les truffes. Le reste n'est plus que du domaine du raisonnement. Impossible à prouver, évidemment, puisque l'épave est maintenant et à jamais inaccessible aux hommes.

La tranquillité fut la principale caractéristique de ce séjour et j'eus tout le loisir de classer et revoir les innombrables notes que j'avais prises sur les diverses affaires dans lesquelles j'avais eu la chance de seconder mon compagnon au cours de sa magnifique carrière. Certaines de ces affaires, avouons-le, méritaient peu l'adjectif « sensationnel ». Elles traitaient principalement d'événements sans envergure, voire domestiques ; plusieurs n'avaient rien à voir avec le crime, même si elles présentaient ce que Holmes nommait « des lignes d'intérêt », des aspects bizarres ou excessifs qui leur conféraient l'honneur d'entrer dans mes dossiers. D'autres, en revanche, avaient un caractère tellement extraordinaire que j'étais forcé de modifier les noms propres et parfois jusqu'aux faits avant de les proposer au public. J'ai enduré bien des sarcasmes et des insultes uniquement à cause de ces franches manipulations que je n'ai pourtant effectuées que sur l'insistance de ma vedette[1].

Holmes, comme je l'ai déjà écrit, était, sur le chapitre de ses dons, coquet comme une fille, mais en même temps il éprouvait un immense besoin de discrétion, ce qui est bien sûr un atout majeur pour quiconque veut exercer un métier comme le sien. (Il faut dire qu'on ne s'adressait plus exclusivement à lui.)

Ma situation dans son univers lui était des plus agréables. Si Holmes était le soleil au centre de son propre cosmos, je tournais autour de lui comme un satellite amical, me chauffant à ses rayons. Je consignais les détails de ses enquêtes dès qu'il m'en donnait la permission, et même s'il avait toute latitude pour critiquer mes efforts et ricanait de ce qu'il appelait mon penchant pour le mélodrame, je savais combien il goûtait secrètement l'intérêt qu'éveillait chez les gens la lecture de mes travaux. Lorsque enfin j'obtins son aval pour publier mon compte-rendu de son triomphe de Dartmoor, l'imprimeur eut du mal à satisfaire toutes les demandes. Certains ont dit que *Baskerville* constituait le sommet de la carrière de Holmes.

Je savais, pourtant, qu'il y avait d'autres sommets – dont le public ne soupçonnait même pas l'existence – et l'un des mobiles qui m'avaient conduit à venir passer trois semaines près de lui (bien qu'il l'ignorât) était de l'amener à remplir quelques lacunes subsistant dans ma chronologie.

---

[1]. On s'est plus d'une fois moqué de Watson parce qu'il avait oublié l'endroit de la blessure dont il fut victime à la bataille de Maiwand (jambe ou épaule ?), ainsi que le nom de sa logeuse (Mme Hudson ? Mme Turner ?) et pour mille autres faux pas du même genre.

La manœuvre consistait à dénicher les affaires manquantes et à convaincre Holmes de me les laisser divulguer. Sherlock Holmes adorait les secrets et conservait dans les armoires bien rangées de sa mémoire quantité de références obscures et d'histoires insolites. Je me souviens, par exemple, d'une étonnante période de sept ans, à l'époque de notre cohabitation, pendant laquelle il me cacha l'existence de son frère Mycroft. Et lorsqu'il décida de mettre fin à mon ignorance, il le fit de la façon la plus cavalière qui soit. Je n'ai pas oublié ma stupéfaction quand, par la suite, j'appris que son frère habitait Pall Mall, au Diogene Club, à vingt minutes à peine de notre logement dans la même ville.

— Oui, mais pas dans le même monde ! avait répondu Holmes en riant lorsque je le lui avais fait remarquer.

Jamais je n'aurais pu entendre toute l'histoire de l'Opéra de Paris si je ne l'avais pas harcelé, tout un après-midi, à propos des voyages qu'il entreprit à la suite du décès de sa bête noire, le professeur Moriarty.

Nous vivions de chaudes et longues journées ; les efforts apicoles de Holmes étaient couronnés de succès, comme en témoignait l'incessant bourdonnement qui nous environnait. Il s'appliquait à récolter une nouvelle manne lorsque j'osai lui rendre visite.

— Bonjour, Watson, qu'est-ce qui vous amène sur mon lieu de travail ? s'étonna-t-il chaleureusement. Prenez bien garde de ne faire que des gestes lents, mon bon ami. Votre odeur ne leur est pas familière.

— Dans ce cas, vous me feriez bien plaisir si vous acceptiez de venir sur *mon* lieu de travail dès que cela vous sera possible, lui dis-je en jetant des regards inquiets autour de moi.

Et comme je voyais qu'il ne comprenait pas très bien de quoi je voulais parler, je précisai :

— Dans mon bureau.

— Ayez l'amabilité de m'accorder cinq minutes et j'arrive.

Vingt minutes plus tard, je le fis asseoir dans un fauteuil et lui servis une tasse de thé dans laquelle il versa une énorme quantité de sa nouvelle spécialité.

— Alors, Watson, qu'est-ce qui vous a poussé jusqu'à mes ruches ?

— La curiosité.

— Pour mes abeilles ?

Je vis son visage s'éclairer à l'idée de répondre à mes questions et de me faire enfin partager sa passion.

— Pour votre biographie.

À ces mots, son visage se ferma et il étendit ses longues jambes devant lui.

— Holmes, poursuivis-je, je suis obligé d'insister. Il y a quelques imprécisions et plusieurs contradictions qui me font passer pour un imbécile. Prenez par exemple la période 1891-1894.

Il sourit et écarquilla les yeux.

— La prétendue Grande Lacune.

— Lorsque vous avez quitté le professeur…

— Moriarty, interrompit-il brutalement[1].

— En effet, lorsque vous avez quitté le professeur Moriarty, vous m'avez gratifié d'une version des plus improbables de vos activités pendant l'intervalle précédant votre retour à Londres.

---

1. Ici, Holmes donne clairement son accord pour que Watson perpétue la fable du duel à mort aux chutes de Reichenbach. La vérité ne devait être rendue publique qu'après la mort de Freud, un engagement que Watson respecta scrupuleusement (voir *La Solution à 7 %*).

— Mon cher ami, si vous confondez les mammifères camélidés et les moines bouddhistes, comment s'étonner que vos lecteurs se demandent si je ne serais pas allé au Pérou plutôt qu'au Tibet ! Lorsque j'affirme que j'ai rencontré le Grand Lama, je suis peu crédible, en effet, si vous privez cet auguste personnage de la majuscule qu'il mérite.

— Vous me dites cela pour faire diversion, protestai-je. Vous avez bien déclaré avoir vu le Calife à Khartoum à une date où une guerre civile ravageait tout le pays. Vraiment, il me semble que j'ai droit à la vérité. Que dire d'un biographe qui diffuse de telles fadaises ?

— Vous abordez un problème épineux, si vous me permettez, répondit-il, l'œil malicieux. Quelqu'un a dit qu'on devrait toujours confier sa biographie à son pire ennemi.

— Vous n'avez toujours pas répondu à ma question. À quoi vous êtes-vous réellement consacré durant ces années ?

Il me regarda longuement, joignant ses mains par l'extrémité des doigts comme il le faisait toujours lorsqu'il écoutait ou réfléchissait. Je n'osai pas l'interrompre tandis qu'il examinait ma requête, sachant bien qu'au moindre mot déplacé il se refermerait comme une huître. Je ne pouvais que retenir ma respiration et appeler de tous mes vœux ce que j'espérais depuis si longtemps.

— Je ne vois pas en quoi cela peut vous intéresser, dit-il enfin.

— Là, vous vous faites prier. Vous savez parfaitement que j'y attache la plus grande importance.

Il se tut à nouveau et caressa le coin de sa bouche de l'index. Pour ce genre de choses, il n'était pas au-dessus d'une certaine coquetterie. Quant à moi, j'affichais une mine détachée dans l'attente que son humeur du jour le fît basculer d'un côté ou de l'autre.

— Évidemment, j'ai été plus actif que je ne l'ai reconnu jusqu'ici, admit-il à contrecœur en reprenant sa tasse. Il est question de trois années.

Il avait ajouté cela, l'air de dire : « Vous n'allez tout de même pas me demander de vous raconter trois pleines années par le menu ! »

— Si vous me donniez ne serait-ce qu'une vague idée de ce qui s'est réellement passé, proposai-je, ou au contraire le détail d'un fait particulièrement marquant… je ne le rendrais pas public avant que vous ne le jugiez possible.

J'avais peut-être employé un ton un peu trop conciliant.

— Inutile de faire le doucereux, docteur, dit-il. Vos tours n'ont plus de secrets pour moi.

Cependant, il avait commencé à bourrer sa pipe ; j'eus un frisson d'excitation. Les cigarettes suffisaient pour la conversation mais la pipe était le signe indubitable qu'un récit n'allait pas tarder. Je connaissais depuis trop longtemps le lien entre ces deux éléments pour m'y tromper.

— Je vais vous narrer l'un de mes voyages, finit-il par proposer, telle Schéhérazade. Peut-être parviendrez-vous, dans l'avenir, à me convaincre de vous en livrer d'autres.

— Je suis tout ouïe, dis-je en déployant plumes et papiers sur la table convertie en bureau.

— Ce fut une affaire très étrange, poursuivit-il, les yeux au plafond, comme s'il avait déjà oublié ma présence. En partie comique, sans aucun doute ; à d'autres égards assez tragique pour satisfaire Aristote. J'y ai été victime d'un chantage et m'y suis rendu coupable de plus d'une grave bévue. Et en même temps, spectaculaire, inoubliable. L'une des enquêtes les plus troublantes qu'il m'ait été donné de mener.

— J'ignorais que vous vous étiez penché sur la moindre énigme durant cette période.

— Pour celle-ci, je n'aurais été volontaire pour rien au monde, précisa-t-il avec une expression sinistre, en fermant les yeux. Vous avez dû m'entendre dire plus d'une fois qu'un médecin qui tourne mal est le pire des criminels[1], mon bon ami, mais je vous assure bien que ce n'est rien à côté d'un dément.

— Vous m'intriguez.

Il rouvrit les yeux et me gratifia d'un sourire vainqueur.

— Telle était bien mon intention, mon cher Watson.

---

1. Allusion probable à une observation de Holmes dans l'affaire que Watson a intitulée *La Bande mouchetée*.

1

Retour à la vie

L'une des premières choses qui m'ont frappé après Reichenbach, Watson, c'est que personne ne pouvait imaginer que j'étais vivant[1]. Grâce au récit que vous aviez eu l'amabilité d'écrire, mon cher compagnon, le monde avait toutes les raisons de me croire mort, et cela, je le compris soudain, me donnait une occasion inespérée de réaliser ce que bien peu de gens peuvent tenter : repartir de zéro.

Quelle délicieuse perspective, et d'autant plus que je n'avais rien fait pour cela ! J'avais été jeté arbitrairement dans une situation unique, et lorsque je me mis à rêver à toutes les opportunités qui en découlaient, j'en eus littéralement le vertige, bouleversé par une joie

---

[1]. Ici comme ailleurs, Holmes ou Watson en prend à son aise avec la « Grande Lacune ». La divulgation de la vérité étant alors impensable, le présent manuscrit, rédigé des années avant *La Solution à 7 %*, fait l'impasse sur la « version officielle » des faits (c'est-à-dire le duel à mort avec le professeur Moriarty, aux chutes de Reichenbach, en Suisse) mais ne réussit pas à supprimer certains autres détails essentiels, comme des allusions indirectes au médecin de Holmes, Sigmund Freud, ou le patronyme de Sigerson, que Holmes emprunte comme nom de guerre après son départ de Vienne.

presque enfantine au spectacle des voies nouvelles qui s'ouvraient devant moi.

Il est vrai que je venais de traverser une période très éprouvante. Il me paraissait opportun de m'octroyer quelque repos, de m'en aller où bon me semblait et de me plonger dans les délices (pour moi) de l'anonymat. Car bien que je n'eusse pas dédaigné les applaudissements de la multitude, grâce à vos récits aussi efficaces qu'infidèles, mon cher Watson, il faut reconnaître que la notoriété devient avec le temps une sorte de malédiction qui pèse lourdement sur les épaules de qui la subit. Peut-être n'avais-je pas soupçonné à quel point j'en souffrais avant que la chance ne s'offrît à moi de m'en libérer.

Voyageant sous le nom de Sigerson, comme vous le savez, je pris le train pour Milan sans autre motivation que celle de partir, de me promener dans une contrée inconnue de moi et de me revigorer par des visions et des sons inattendus. J'espérais qu'avec le temps ces désirs irresponsables finiraient par s'user et que je pourrais à nouveau me consacrer à mon travail car, si j'avais bien compris les recommandations d'un certain docteur, je ne devais pas m'enfermer dans des manies susceptibles de mettre en danger ma santé mentale.

Milan, je le confesse, ne répondit pas à mon attente. Je me retrouvai dans une ville industrielle polluée, sans charme ; après une courte visite, je décidai de ne pas m'y attarder.

En y réfléchissant plus à loisir, je me rendis vite compte que ce qu'il me fallait, c'était Paris, que je connaissais très mal, ce qui ne manque pas de piquant, lorsqu'on sait que certains de mes ancêtres sont français[1].

---

1. Holmes affirme descendre de la sœur du peintre français Émile Jean Horace Vernet (1789-1863).

J'y étais venu dans ma jeunesse, mais à chaque fois brièvement, avant de me rendre ailleurs. Avec les années, vous ne l'ignorez pas, j'avais préféré rester à Londres, conscient de l'excitation qui s'emparait de la gent criminelle à l'annonce de mon éloignement. Dans l'euphorie de ma vie toute neuve, pourtant, de telles considérations étaient pulvérisées par la perspective d'aller à Paris à mon gré, d'explorer la ville qui avait reçu le titre de capitale du XIXe siècle.

Ce fut un jeu d'enfant de prendre un autre billet de train et, cinquante-deux heures après que ce caprice avait éclos dans mon esprit, M. Henrik Sigerson, citoyen d'Oslo, flânait dans les rues de la plus belle métropole du monde.

Mais je suis fait de telle sorte que je ne me sens nulle part à l'aise si je ne connais pas le passé de ce qui m'entoure. Pour tout dire, j'ai besoin de savoir comment les choses sont devenues ce qu'elles sont avant de les considérer telles qu'elles sont.

C'est pourquoi, avant même de quitter la gare d'Orsay, je fis l'acquisition d'un guide historique et de diverses publications du même genre. Puis j'allai m'installer sur un banc en bordure du jardin des Tuileries, sur l'autre rive de la Seine et, tout en mangeant un sandwich, je me mis à étudier l'endroit dans lequel je me trouvais.

J'appris ainsi que Paris tient son nom d'une ancienne peuplade celte, les Parisii, qui se fixa dans cette région marécageuse avant d'être vaincue par les légions de Jules César. Les Romains baptisèrent cette place Lutèce et, comme Londres, Paris entra dans la vie civilisée en tant que camp militaire. D'abord confinée dans l'île Saint-Louis et l'île de la Cité, au milieu de la Seine, la ville s'étendit bientôt de chaque côté du fleuve, se développant anarchiquement pour constituer un réseau labyrinthique de ruelles et d'impasses peu engageantes. Les rois de France jugèrent le cadre si peu digne d'eux qu'ils décidèrent d'aller vivre ailleurs et se firent construire Versailles.

Ce n'était absolument pas ce Paris-là que j'avais sous les yeux tandis que je me restaurais, et quel ne fut pas mon étonnement quand, poursuivant ma lecture, je m'avisai que la transformation de ce coupe-gorge médiéval en Ville Lumière de renommée mondiale s'était tout entière opérée au cours des quarante dernières années ! Je vous vois sourire, Watson. Sans doute êtes-vous atterré par mon ignorance, mais comme je vous l'ai tant répété, l'esprit est un grenier de contenance limitée et j'ai ménagé dans le mien de larges espaces vides pour y entreposer du matériel utile à mon art. Je me souviens encore de votre incrédulité lorsque je vous ai avoué que je ne savais pas si le Soleil tournait autour de la Terre ou si c'était le contraire, puisque ça ne changeait rien dans mon travail[1].

La métamorphose de Paris, d'après mon guide, fut l'œuvre de l'empereur Louis Napoléon Bonaparte, qui se fit appeler Napoléon III. C'était le neveu du Petit Caporal. Il se prétendait son héritier de droit alors que, d'après mon impression, il ne l'était pas plus que moi-même, mais bien plutôt un aventurier qui combina habileté et culot à part égale, s'empara du pouvoir et se proclama monarque d'un second empire putatif.

Ce Napoléon, qui avait à peu près autant de légitimité qu'un chef de bande d'opéra bouffe, dit à son architecte, un certain baron Haussmann, que Paris

---

[1]. Sur ce point et pour d'autres exemples de l'ignorance choquante de Holmes, voir *Étude en rouge*.

avait besoin de « s'ouvrir » si elle voulait soutenir la comparaison avec les autres capitales européennes. En réalité, le dessein de l'empereur était beaucoup plus pragmatique. Au cours de sa longue histoire, Paris avait connu son lot de révolutions et d'insurrections et, chaque fois, résonnait du même cri : « Aux barricades ! » Les rues étaient si nombreuses et si étroites que quatre meubles et trois charrettes suffisaient à les fortifier, si bien que la troupe était obligée de reconquérir le terrain rue par rue et maison par maison. J'ignore si Haussmann était au courant des motivations réelles de Louis Napoléon, mais, si tel était le cas, elles ne l'empêchèrent pas de mener à bien sa mission avec un zèle acharné. Il prit un plan de la ville et, partant de l'Arc de triomphe, traça douze lignes droites en étoile. Chaque ligne devint une avenue d'une telle largeur qu'il n'était plus question d'aller s'y mesurer avec les forces publiques. Durant tout le règne de l'imposteur, Paris fut réduite à un chantier comme aucune métropole n'en avait jamais subi. Imaginez une ville abrutie de bruit, suffoquée par la poussière, pour ne rien dire des foules expulsées qui voyaient leurs demeures abattues par cet architecte, l'homme que tout le monde ne désignait plus que par le surnom de « Chirurgien ».

Je m'étais aussi procuré un plan à la gare et, ma collation terminée, je me lançai dans une exploration émerveillée des beautés créées par ce tyran cynique.

Contrairement à Londres, la ville de Paris est peu étendue, et, au bout de quelques jours, j'étais familiarisé avec une grande partie de ses richesses, conquis par ses maisons de pierre, ses toits gris mansardés et son ciel bleu et or. Le crépuscule, que les Parisiens dénomment « l'heure bleue », n'a d'égal nulle part ailleurs dans le monde, à ma connaissance.

Je ne me rappelle pas tout ce que j'ai visité dès cette première journée, mais ce dont je me souviens, c'est qu'il y avait à chaque pas un restaurant ou une brasserie ; à peine me sentais-je fatigué qu'un café se présentait où je pouvais reposer mes jambes et goûter à une nourriture cuisinée par le diable en personne tant il était difficile d'y renoncer. Vous serez peut-être intéressé (et sans doute amusé) d'apprendre que c'est lors de ce séjour à Paris que, pour l'unique fois de ma vie, j'ai pris du poids !

Il va sans dire – et c'est pourquoi je ne m'étendrai pas sur ce sujet – que toute visite au Paris d'aujourd'hui ne saurait véritablement compter sans une ascension de la curieuse tour de M. Eiffel. Je mentionnerai seulement que je ne fis pas exception à la règle.

Je descendis dans un hôtel de la rive gauche, tout près de Notre-Dame, dans la rue Saint-Julien-le-Pauvre. Il s'appelait *l'Esméralda*, d'après l'héroïne du beau roman de Hugo. La légende voulait qu'elle eût vécu là. La maison elle-même datait du XVe siècle et la chambre était minuscule mais bien suffisante en attendant de trouver un vrai logement. En effet, j'avais résolu de m'arrêter à Paris pour un temps. La ville était irrésistible, et mon humeur vacante du moment m'incitait à mieux la connaître. Je suppose qu'un élément joua aussi un rôle dans ma décision : je découvris par hasard, dans un numéro du *Daily Telegraph*, un article rapportant mon décès dans les moindres détails. Je tombai sur ce journal dans une de ces innombrables brasseries dont j'ai parlé, laissé là, sans doute, par quelque voyageur qui n'en avait plus besoin.

C'est en sirotant un café au lait et en fumant une cigarette matinale que je reçus la sinistre confirmation de mon trépas. Watson, on vous avait cru, comme toujours ! Tout de même, j'avais bien du mal à rester impassible devant le compte-rendu de mon combat à mort avec Moriarty – ce pauvre vieux Moriarty ! – et le chagrin que la nouvelle causait à des milliers de gens en deuil. On avait interrogé plusieurs de mes anciens clients (y compris une dame charmante résidant à Windsor), et leurs pleurs à tous réussirent presque à me mettre les larmes aux yeux[1]… presque seulement. Je n'avais pas encore épuisé les joies de ma jeune liberté, et je dirai même que j'en étais loin. (Des années plus tard, lorsque j'eus enfin l'occasion de lire ce roman, je compris de façon très intime les sentiments ressentis par Tom Sawyer assistant à ses propres funérailles.) Les journaux français reprenaient eux aussi la nouvelle de ma mort – avec tous les ornements dont sont coutumiers les journalistes continentaux –, mais ils ne me perturbèrent pas davantage.

Il me faut ici prendre le temps de préciser que mon nouvel état ne me rejeta pas pour autant dans mes anciennes habitudes. Ne feignez pas l'ignorance, mon bon : je veux parler de mon penchant passé pour certaines drogues à chaque fois que j'étais privé d'une énigme à la hauteur de mon intérêt. Ce chapitre de ma vie était définitivement clos. Grâce à notre cher ennemi, j'avais tourné le dos à ces enfantillages et, au cours de la navrante aventure que je vais vous conter, je n'ai été tenté d'y retomber qu'en une seule occasion, comme vous le verrez.

Peu après cette lecture édifiante, je trouvai un logement dans le Marais, rue Saint-Antoine. Mon gîte – tout juste deux pièces au quatrième étage –, bien spartiate

---

[1]. Sur ce point et pour d'autres exemples de l'ignorance choquante de Holmes, voir *Étude en rouge*.

comparé à notre cocon de Baker Street, était placé sous le commandement de Mme Solange, une concierge octogénaire qui m'apportait croissants, chocolat chaud et ronchonnements chaque matin. Mais que m'importait à moi qui n'avais besoin que d'un oreiller pour dormir ? Il s'agissait seulement de défaire mon sac de voyage et d'avoir un port d'attache.

Maintenant que j'étais bel et bien installé, il convenait de décider de ce que j'allais faire. Je ne connaissais personne dans la ville, mais comme je n'ai jamais été ce qu'on appelle un animal social, je n'en éprouvais aucune inquiétude. Je n'avais eu dans toute ma vie qu'un seul ami digne de ce nom (ne rougissez pas, Watson !) et, en son absence, je me moquais allègrement des autres.

Travailler ne m'était pas non plus indispensable. Je pouvais toujours télégraphier à Mycroft pour qu'il m'envoie un mandat, mais le problème n'était pas là[1]. Je n'allais pas passer mes journées à arpenter les rues. Les touristes n'apprennent jamais que des choses superficielles. Il me fallait une *raison d'être*.

Je jouai quelque temps avec l'idée de m'établir comme détective mais j'y renonçai bientôt. Malgré mon excellent français, quel intérêt y avait-il à reprendre ici une occupation que je venais de quitter ailleurs et qui ne m'avait apporté que des déceptions ? Je ne connaissais ni la ville ni ses habitants et exercer le métier de détective dans de telles conditions ne pouvait que me conduire au ratage. Pire, si par bonheur j'arrivais quand même à résoudre quelque énigme, ma présence ne tarderait pas à être remarquée et mon incognito éventé.

---

1. Le frère de Holmes savait qu'il avait survécu, tout comme sa logeuse, Mme Hudson.

Je vous ai dit que j'avais emporté un violon avec moi. Je commençai à me présenter comme professeur de violon, répondant à des petites annonces et, très vite, je parvins à me constituer une clientèle composée principalement d'enfants mais comptant aussi un militaire à la retraite nommé Guzot qui, rescapé de la guerre contre la Prusse et de la Commune, n'avait d'autre désir que de consacrer l'automne de sa vie au maniement de l'archet.

Mes revenus me permirent de vivre sans faire appel à Mycroft, mais cette activité m'exaspérait et était loin d'ensoleiller mes relations avec mes voisins. Lorsqu'on apprend le piano, on peut faire des fautes, mais on ne fabrique pas les notes soi-même, il suffit de taper au bon endroit. En revanche, les violonistes créent entièrement les sons qu'ils produisent, lesquels sont parfois consternants, surtout ceux des débutants.

Mes élèves, je le crains, n'étaient pas meilleurs que les autres. J'avais un adolescent prometteur mais le reste de ma clientèle, y compris le cher vieux Guzot, alimentait mes migraines. Mme Solange elle-même, depuis son lointain rez-de-chaussée et malgré sa surdité, finit par se plaindre et par me menacer d'une expulsion.

— Monsieur Sigerson, m'interpella-t-elle, vous exagérez. Qui pourrait supporter pareille torture ? Lorsque c'est vous qui jouez, passe encore, mais quand ce sont les autres, alors non !

Je dus convenir qu'elle avait raison et, plutôt que de la pousser à bout, je résolus de chercher un autre moyen de subsistance.

J'étudiais cette question lorsque divers événements se succédèrent, résolvant mon problème et, du même coup, me plongeant dans l'étrange affaire que je vais maintenant vous livrer.

J'avais décidé d'assister à une représentation du *Prophète* à l'Opéra, qu'on appelle Palais Garnier, d'après le nom de son architecte. Vous savez combien j'apprécie l'opéra, Watson, et je sais que vous ne partagez pas mon goût sur ce point. Je trouve que l'opéra parvient à mêler tous les éléments du drame avec une expression incomparable des pensées secrètes et des émotions. *Le Prophète* de Meyerbeer n'était pas exactement ma tasse de thé, mais il était au programme. Avec l'espoir d'oublier le naufrage de ma carrière pédagogique, je hélai un fiacre.

Les pires excès du Second Empire ne m'avaient pas préparé au choc que je reçus en voyant le Palais Garnier pour la première fois. Comme je l'ai dit, l'empereur ne faisait pas les choses à moitié et Haussmann, sa créature, ne se contenta pas d'imaginer un simple Opéra, mais voulut un monument incroyable, situé à l'intersection de sept de ses spectaculaires boulevards dont l'un, comme par hasard, porte son propre nom. En le découvrant, ce soir du 1er septembre[1], éclairé de l'intérieur et étincelant comme un immense diamant taillé, je n'avais encore aucune notion de ses vraies dimensions ni de sa complexité. Toutes choses qui allaient me devenir très familières au cours des jours et des semaines suivants.

Celui qui est déjà entré dans le hall d'honneur de l'Opéra de Paris sait qu'aucune description ne peut donner une idée juste de cette débauche byzantine. Et

---

1. Septembre ajoute quelque confusion à cette histoire. Selon Watson, les événements rapportés sous le titre *La Solution à 7 %* commencèrent fin avril 1891. Il est difficile de croire que l'affaire prit cinq mois pleins. Peut-être Holmes resta-t-il à Milan plus longtemps qu'il ne l'affirme.

d'abord le grand escalier, avec sa volée de statues de chair, les gardes républicains portant le sabre, en culotte blanche, bottes noires rutilantes et casque à queue de cheval, le tout semblant rassemblé pour anéantir le visiteur et en même temps le persuader qu'il joue un rôle dans l'événement majeur qui s'opère – alors qu'il s'agit ni plus ni moins d'emprunter un escalier pour se rendre à l'étage.

À l'intérieur de la salle, un formidable lustre dominait un public de quelque deux mille personnes d'allure princière dont l'éclat collectif ne pâlissait que devant ce qui se passait sur scène. Le Palais Garnier s'enorgueillissait de posséder le plus grand plateau du monde et, ce soir-là, pas moins de cinq cents figurants, pour ne rien dire de six ou sept chevaux vivants, participaient à un spectacle dont la magnificence, dans le moindre détail, dépassait tout ce que j'avais vu jusquelà. Toute la soirée, ce ne furent que riches costumes, immenses drapeaux, argent et or véritables, tableaux somptueux, tout cela tellement hors du réel qu'on pouvait se demander s'il n'y avait pas finalement plus de monde sur scène que dans les fauteuils !

Au début du troisième acte, la production se surpassa. Devant un public suffoqué, le corps de ballet fit son entrée, des patins aux pieds, et évolua sur de la *vraie* glace.

Inutile d'ajouter que l'acoustique était excellente et que ce pauvre Meyerbeer fut honoré bien au-delà de ses mérites par l'orchestre, les solistes et surtout la jeune soprano, Christine Daaé, dans le rôle de Berthe. Cette jeune femme, qui chantait si merveilleusement, était par la même occasion une beauté. Je ne fus pas le seul à apprécier la pureté de sa technique vocale, l'efficacité de son interprétation et le charme de sa présence. Je compris que la Daaé n'appartenait que depuis peu à la troupe de l'Opéra et, au cours de l'entracte, j'entendis bien des spectateurs chanter (c'était bien leur tour !) ses louanges.

Je remarquai une chose bizarre. La salle affichait complet, ce dont je pouvais me rendre compte en regardant autour de moi, à une curieuse exception près. Une loge de corbeille était inoccupée. Or je me souvenais avoir vu en arrivant des gens faire la queue dans l'espoir de bénéficier de défections de dernière minute. Puis cela me sortit de l'esprit – sans doute la loge appartenait-elle à quelque excentrique qui la réservait systématiquement, qu'il l'occupât ou non.

Jamais je n'aurais imaginé que j'avais deviné si juste.

On peut penser ce qu'on veut de la musique de Meyerbeer, mais tout se déroula sans le moindre incident et il devait être près de minuit lorsque, au bout des cinq actes, je quittai le monde féerique qui m'avait captivé pendant quatre heures, pour le tohu-bohu de la place de l'Opéra et la froidure de la nuit. Je projetai de passer un moment au Café de la Paix, tout proche, pour y prendre un souper léger, lorsque me parvint l'écho d'un remue-ménage du côté de l'entrée des artistes, vers la rue Gluck.

Poussé par la curiosité, je me rendis sur les lieux du tumulte et vis quelques personnes essayer de maîtriser un monsieur d'âge moyen en tenue de soirée qui portait un étui à violon et mettait toute son énergie à se dégager.

— Plus jamais ! criait-il en donnant de furieux coups d'étui. Je préfère mourir que jouer un seul soir de plus dans cet endroit maudit !

Il me frôla, et tout ce que je peux dire de l'expression de son visage, c'est qu'elle était celle d'un homme dont la raison ne tient plus qu'à un fil.

Ni la compassion ni les moqueries ne le calmèrent et il se précipita au milieu de la circulation. Il était si troublé qu'il ne tarda pas à être renversé par une voiture. Je volai à son secours tandis qu'un second attroupement se formait autour de lui.

— Voulez-vous que j'appelle un médecin ? proposai-je, voyant qu'il s'était blessé en tombant contre le bord du trottoir.

— Laissez-moi tranquille et que le diable vous emporte ! reçus-je pour toute réponse.

Et, se relevant, il abreuva les braves gens venus l'aider de délicatesses du même genre. Il s'accrochait à son étui à violon comme à son seul ami et disparut bientôt de ma vue. Je n'avais pas la moindre idée de ce qui avait pu le plonger dans un état pareil, mais cet incident venait de m'ouvrir des perspectives.

— Aurez-vous besoin d'un nouveau violoniste ? allai-je demander à l'entrée des artistes.

— Auditions demain quatorze heures trente, grogna un vieil homme corpulent et édenté dont le travail, apparemment, consistait à empêcher les importuns de franchir le seuil.

— Savez-vous pourquoi cet homme… ?

— Pourquoi ? Il y a longtemps qu'on ne sait plus pourquoi tout ce qui se passe ici se passe ! me cria-t-il. Vous comprenez le français ? Quatorze heures trente demain !

— Quatorze heures trente.

Tâchant de conserver mon calme, je rentrai chez moi vérifier et réaccorder mon instrument. Je m'exerçai toute la matinée du lendemain et ne m'interrompis que lorsque des coups frappés à la cloison me signifièrent qu'il en allait de mon intérêt. J'avais répété le scherzo du *Songe d'une nuit d'été* et la « Méditation » de *Thaïs* qui, à mon avis, suffisent à n'importe quel auditeur pour évaluer mes capacités.

Dans mon esprit, la question de mon métier était brusquement résolue. Le plus étonnant, finalement, c'était que la lumière me fût apparue si tardivement. Maintenant que je m'étais fait à cette idée, ma seule terreur était de voir le poste m'échapper, de ne jamais jouer dans la fosse de l'Opéra de Paris et de ne pas gagner ma pitance grâce à mon art. Je ne pense pas avoir un seul moment imaginé devenir définitivement musicien, mais dans l'immédiat, mes ambitions se bornaient à cet emploi.

Je poussai la porte de l'entrée des artistes (avec un frisson, je le confesse) et me retrouvai en compagnie de cinq ou six autres candidats. Nous commençâmes à nous observer nerveusement en attendant qu'on nous appelle. Mon inquiétude s'amplifia lorsque je m'aperçus que les violonistes qui passaient avant moi ressortaient presque aussitôt comme s'ils s'étaient laissé piéger par une de ces portes à tambour qu'on installe à présent dans tous les hôtels et les restaurants de luxe. J'aurais tant voulu avoir avec moi mon cher stradivarius plutôt que cet instrument médiocre sur lequel j'allais devoir faire mes preuves[1].

— Sait-on pourquoi le titulaire a démissionné ? demandai-je à mon voisin.

— Une crise de nerfs, je suppose, répondit-il, la gorge sèche.

---

[1]. D'une valeur de cinq cents guinées, le stradivarius londonien de Holmes avait été acheté à Tottenham Court Road pour seulement cinquante-cinq shillings (voir *La Boîte en carton*). Par la suite, il fut acquis par la Fondation Rockefeller et joué exclusivement par Jascha Heifetz. L'instrument dont Holmes se sert ici a appartenu à un oncle de Freud (voir *La Solution à 7 %*).

Cette supposition ne m'avançait à rien, et comme il ne semblait pas disposé à en dire plus, je m'en tins là.

Enfin, je fus appelé. Après avoir discrètement essuyé mes paumes moites sur les côtés de mon pantalon, je pris mon violon et pénétrai dans une sorte de foyer décoré de fresques et de miroirs.

Comment exprimer à quel point, à cette minute-là, l'obtention de ce poste me paraissait importante ? Je n'avais pas passé d'audition depuis ma tendre jeunesse, lorsque j'étais encore comédien, mais le fait de me retrouver dans un théâtre – et quel théâtre ! – enflamma en moi une ambition insoupçonnée[1]. Ainsi en va-t-il de la nature humaine ; nous négligeons nos plus grands dons et nous nous démenons pour qu'on nous accepte dans des domaines où d'autres sont beaucoup plus qualifiés. Les clowns veulent jouer Hamlet, les médecins écrivent des romans, et moi, j'étais un détective bien décidé à devenir violoniste.

La pièce dans laquelle je me trouvais avait des dimensions prodigieuses. En réalité, le moindre recoin de l'Opéra de Paris a été conçu pour qu'un géant puisse s'y cacher. Contrairement à ceux de Covent Garden, les artistes d'ici ont bénéficié des mêmes égards que les spectateurs. Ce foyer (j'ai appris plus tard qu'ils étaient au nombre de six !) était destiné par Garnier aux divertissements de l'empereur. Dîners privés et rendez-vous discrets. La direction l'utilisait

---

[1]. « Dans votre cas, Holmes, ce que la loi a gagné, les planches l'ont perdu » déclara au détective le baron Dowson la veille de son exécution (voir *l'Aventure de Mazarin Stone*). Dans *l'Horreur du West End,* nous apprenons que Holmes enfant a débuté aux côtés de Henry Irving. (Voir aussi dans la biographie de Holmes, par Baring-Gould, le chapitre consacré à sa tournée en Amérique en tant qu'acteur dans une troupe de théâtre, en 1879.)

maintenant pour les auditions. Pour le moment, il était entièrement vide, à part un pupitre, trois chaises, derrière une table de bois ordinaire, occupées par un triumvirat tout de noir vêtu dont aucun membre ne se leva pour me saluer, et, déployé au fond de la pièce, un singulier paravent chinois auquel mes trois inquisiteurs jetaient des coups d'œil inquiets.

— Je m'appelle…, commençai-je.

— Pas de nom ! rugit une voix derrière le paravent. Qu'allez-vous nous jouer ?

Je livrai le programme auquel j'avais pensé. Il me sembla qu'un de mes trois juges se mit à sourire.

— Pas encore ! Pas encore ! décréta le paravent. Débutons par une gamme de *do* majeur.

Je fus incapable de dissimuler ma surprise.

— Une simple gamme ?

— Vous trouvez celle de *do* majeur si facile que ça ? interrogea la voix. Attention, chaque note doit être attaquée franchement et avec le même volume que la précédente. Vous la montez et puis vous la descendez. Sans faute. Chaque note doit être parfaite.

Vous n'allez pas me croire, mais ce coquin avait réussi à me rendre terrifiante une malheureuse gamme. Je comprenais maintenant la raison de cette mise en scène. Le paravent intimidait les candidats, sans aucun doute, mais il permettait surtout de ne juger que sur des critères purement musicaux. Mon examinateur ne saurait rien de plus sur moi que ce que voudrait bien lui confier mon violon.

Et cette pensée suffit à me rassurer. Je lui jouai sa gamme. À la fin, il y eut un long silence, et les visages de la table se tournèrent vers le paravent.

— Recommencez ! ordonna-t-il alors.

Je répétai mon exécution et il me sembla que quelqu'un chantait en même temps, mais faux.

— Et maintenant, le Mendelssohn.

Je me lançai dans le scherzo, et la voix reprit, plus fort, cette fois, mais toujours fausse. La troïka parut se détendre.

— Le Massenet.

Je jouai la « Méditation » et, avant que je termine, une gigantesque silhouette surgit de sa cachette. C'était un individu à grosse face rouge surmontée de boucles grisonnant sur les tempes. Il avait des lèvres épaisses dont l'inférieure pendait un peu, comme dans une moue constante. Il s'approcha, me regarda de ses yeux noirs de myope tandis que les autres se levaient pour l'énoncé du verdict.

— Vous n'êtes pas français, lança-t-il en me serrant la main.

— Non, maître.

— J'en étais sûr. La France ne produit pas de violonistes.

— Je suis norvégien, dis-je. Je m'appelle Henrik Sigerson.

À ces mots, il me jeta un coup d'œil perçant par-dessous ses sourcils broussailleux puis hocha la tête avec un rire brusque.

— Ça, je ne l'aurais pas deviné, dit-il seulement. Je suis le directeur musical de l'Opéra de Paris, maître Gaston Leroux.

— Enchanté, maître.

— Je m'occupe de tout ce qui se passe ici, dit-il en inclinant à nouveau sa lourde tête. Le plus petit détail ne saurait m'échapper. Je dirige tout.

Il ne faisait pas de doute que cette remarque s'appliquait aussi au trio silencieux d'hommes en noir. En tout cas, aucun d'eux ne se risqua à la moindre contestation.

— Vous jouez bien, concéda-t-il, également à leur intention, apparemment.

— Merci, maître. Vous plairait-il d'entendre quelques-unes de mes compositions[1] ?

— Absolument pas, répondit-il, comme si une telle perspective l'horrifiait. Quand pouvez-vous commencer ?

— Quand il vous plaira.

— Les répétitions d'orchestre ont lieu chaque matin à dix heures. Les représentations sont prévues à vingt heures. Vous êtes censé être au théâtre et avoir pointé au moins trente minutes avant l'heure. Me suis-je bien fait comprendre ?

— Parfaitement.

Il grommela et gagna la porte, mais se retourna.

— Vous savez ce qui est arrivé à votre prédécesseur ?

— Je n'en ai pas la moindre idée.

— Cet endroit grouille de rumeurs diverses. N'y prêtez aucune attention.

Et il sortit.

---

1. Watson fait plus d'une fois allusion au goût de Holmes pour ses propres improvisations à partir du répertoire violonistique.

2

De petites choses

Lorsque je considère cette bizarre affaire dans son entier, je me demande encore comment j'ai pu tarder à ce point à m'apercevoir que quelque chose clochait. Par confort, je me dis que, comme le reste de ma personne, mes facultés étaient tellement sollicitées par des impressions nouvelles (et éprouvées par un fou de théâtre !) que je répugnais à les soumettre à des analyses objectives. Au lieu de cela, je fis le choix de me laisser porter par les événements, de dériver au gré de mes rêves et de mes sentiments, totalement à l'opposé de ma méthode professionnelle.

Je dois aussi reconnaître que, dans ce décor, je me trouvais privé de toutes mes références habituelles. Pour pouvoir déterminer ce qui n'est pas normal, il est en effet bien utile d'avoir une idée précise de ce qui l'est. La France, Paris, une langue étrangère et le cadre architectural lui-même, tout cela se mêla pour créer un climat troublant mais plutôt agréable qui émoussa mon jugement.

Et cependant, les premiers signes se manifestèrent dès le début.

Le lendemain matin, bien décidé à arriver à l'heure, je me présentai en avance mais, presque aussitôt, je me perdis dans le dédale du théâtre. Le concierge édenté qui, je l'avais appris, se prénommait Jérôme, m'indiqua un escalier de fer. Mais cet escalier montait et descendait. Pensant que je devais plutôt m'engager en direction du sous-sol, je pénétrai bientôt dans une suite sans fin de plateaux, de corridors, d'escaliers, de passages exigus, de remises immenses et de gouffres d'ombre qui m'apparurent, sans que je pusse les voir vraiment, comme des sortes de cavernes. Je finis par me persuader que j'avais fait le mauvais choix et entrepris de revenir sur mes pas. Hélas, l'opération se révéla moins aisée que je l'escomptais, et je me mis à errer le long de nouveaux couloirs, dans de nouveaux passages et de nouveaux escaliers. Aussi incroyable que cela paraisse, j'étais perdu. Il me sembla même, à un moment, entendre rire, comme si quelqu'un se moquait de moi.

Je fus sauvé par la rencontre, au hasard d'une intersection, d'un vieillard titubant. Il tenait à la main une bouteille de vin à moitié vide et son teint rougeaud en disait assez long sur ce qui était advenu de la moitié manquante.

— Qui diable êtes-vous ? questionna-t-il sans plus de cérémonie.

— Je cherche la fosse, commençai-je, tout en réprimant l'allégresse que me procurait la présence d'un être vivant.

— La fosse, hein ? répliqua-t-il en ricanant de façon désagréable. Prenez par là et vous tomberez dessus.

— Je veux parler de la fosse d'orch…

— Je sais parfaitement de quoi vous voulez parler, imbécile. Venez avec moi.

Il me bouscula presque pour me précéder dans l'étroit passage et m'invita à le suivre d'un mouvement de bouteille. Il marchait à une allure qui prouvait combien il était familier des lieux et, au bout de cinq minutes, nous nous retrouvâmes au pied de l'escalier initial.

— Montez trois étages et ce sera à votre gauche.
— Merci. J'avais supposé que…
— Ici, il ne faut pas supposer, sinon vous risquez de disparaître définitivement, m'informa-t-il en engloutissant une longue gorgée. Vous êtes nouveau ?
— C'est ma première répétition.

À ces mots, il grogna.

— Ne supposez pas, répéta-t-il. Vous savez combien il y a de niveaux de sous-sol, ici ?

Et, avant que j'aie pu répondre, il poursuivit :
— Cinq.
— Cinq ! dis-je sans pouvoir dissimuler mon étonnement.
— Exactement : cinq. Cet endroit est aussi profond dedans qu'il est haut dehors. Il y a même un lac, en bas, précisa-t-il dans un hoquet.

Je mis ces affirmations fantaisistes sur le compte de l'alcool et remerciai le pauvre bougre, inquiet à l'idée d'arriver en retard. Tout en me pressant, je me dis que, à en juger par Jérôme et par cet idiot, le niveau du personnel n'était sans doute pas des plus élevés dans cette maison.

Je devais découvrir plus tard que mon sauveur était un « portier » et que l'Opéra en comptait dix. La direction faisait ainsi la charité à peu de frais. La seule mission de ces employés consistait à parcourir le bâtiment et à refermer les portes laissées ouvertes. J'imagine qu'il devait y en avoir des centaines.

Cette fois, je trouvai l'orchestre et réussis à prendre place parmi les premiers violons avant que Leroux fasse son apparition. J'eus tout juste le temps de me présenter à mes voisins immédiats, un jeune homme d'une trentaine d'années aux yeux bleu pâle sur ma droite, qui dit se nommer Ponelle et m'accueillit avec un chaleureux sourire, et un sexagénaire chauve à grosse moustache sur ma gauche, qui me gratifia d'un bref froncement de sourcils avant de retourner à son violon dont la corde d'*ut* semblait lui créer de considérables désagréments. Je compris qu'il s'appelait Béla. Comme son nom l'indiquait, il était d'origine hongroise et n'avait pas du tout l'air ravi de me voir.

Leroux monta rapidement au pupitre et nous adressa un bonjour bourru.

— M. Henrik Sigerson a rejoint les premiers violons, annonça-t-il avec un geste de son grand bras dans ma direction.

Je saluai de la tête. Leroux pinça un lorgnon cerclé d'or sur l'extrémité de son nez (il le portait en sautoir autour de son cou grâce à un ruban de soie hors d'âge qui avait perdu ses couleurs) et se mit à feuilleter sa partition. J'en profitai pour sortir mon instrument de son étui et l'accorder en vitesse. Nous allions répéter le morceau du ballet de l'acte III du *Prophète*, celui des patins à glace.

— Qu'avez-vous pensé de la Daaé, hier soir? lança Leroux, apparemment à l'intention des cuivres, tout en parcourant sa musique.

— Étonnante, dit une voix sortie des trombones.

Il y eut quelques rires qui semblaient signifier qu'une telle performance de la jeune soprano était loin d'être habituelle.

— Je n'y comprends rien moi-même, approuva Leroux. Quel tempérament irrégulier. Parfois, elle est inexistante, et à d'autres moments…

Il ponctua sa phrase d'un éloquent haussement d'épaules.

— La Sorelli n'a qu'à bien se tenir, suggéra la grosse caisse.

— Qui vous a demandé votre avis ? répliqua violemment le chef.

Et avant que l'autre ait pu réagir, il tapa de la baguette sur le bord de son pupitre :

— Entracte. Un, deux...

Nous étions partis. Je n'avais pas pratiqué le déchiffrage depuis plusieurs années et je dus me concentrer pour suivre la cadence et fournir une prestation honorable. Par bonheur, un entraînement constant avait rendu mes doigts agiles et, comme on l'a souvent remarqué, la musique est comme la bicyclette – lorsqu'on sait, c'est pour la vie.

Leroux était un travailleur acharné. Il avait des oreilles tout autour de la tête. Vous ne me ferez pas dire que la musique de Meyerbeer est des plus profondes, mais elle est écrite avec soin, et le chef avait bien l'intention d'en restituer la moindre richesse. Je trouvai cette répétition passionnante et ne vis pas le temps passer. Nous travaillâmes cet extrait pendant près d'une heure. Il y eut ensuite une pause de dix minutes durant laquelle on nous permit de nous dégourdir les jambes avant que le corps de ballet vienne occuper le plateau. Depuis ma chaise, je ne pouvais pas voir grand-chose de leurs acrobaties, mais il y avait sans doute quelques filles pleines d'ardeur car j'entendais leurs fous rires et les glissements rapides de leurs patins tandis qu'elles virevoltaient sur la glace, au-dessus de nous.

— Jammes, retourne à ta place ! cria Leroux à l'une d'elles sans cesser de nous diriger d'une main ferme.

— Pardon ! Je ne sais pas ce qui m'a pris, répondit une voix d'enfant.

J'appris plus tard que Jammes n'avait pas quinze ans.

— Ça doit être le Fantôme, murmura Ponelle sur ma droite, l'articulation entravée par son violon coincé sous son menton.

Béla fronça les sourcils. À l'évidence, il ne considérait pas le Fantôme comme un sujet de plaisanterie. Quant à moi, je rangeai à la fois la remarque de Ponelle et la réaction de Béla parmi les bizarreries de l'Opéra, avec l'espoir qu'elles s'éclairciraient par la suite, lorsque je me serais familiarisé avec les lieux et les petites manies de chacun.

À un moment, un nouveau personnage se joignit à nous. Un homme d'une cinquantaine d'années, avec une sorte de couvre-œil d'un côté et portant un bloc à dessins, vint s'asseoir au premier rang et se mit à travailler sur ses genoux sans se soucier le moins du monde, d'après l'impression que j'en eus, de tout ce qui l'entourait. Le couvre-œil n'en était pas complètement un ; il s'ouvrait à la lumière par une fente centrale.

— Degas, me renseigna Ponelle dans un murmure, mais à l'époque ce nom ne disait rien à personne. Il est pratiquement borgne, mais il continue à croquer leurs jambes dodues.

— Il ne dessine que des chevaux et des putains, se lamenta Béla, me laissant m'interroger sur la catégorie dans laquelle il classait le corps de ballet.

Le soir, nous donnâmes *Otello* avec l'extraordinaire de Rezske dans le rôle titre, et j'en retirai une grande joie, la musique de Verdi m'apparaissant infiniment supérieure à celle de Meyerbeer. C'était une expérience exaltante de voir le public depuis la fosse et la Sorelli fit merveille en Desdémone.

Par curiosité, je jetai un coup d'œil à la corbeille et constatai avec surprise qu'une fois encore la même loge était restée vide.

Et c'est ainsi que s'installa la plus agréable des routines. Répétitions le matin, représentations le soir, la plupart du temps – mais pas toujours – sous la direction de Leroux. Les jours suivants, je m'habituai à la présence du peintre borgne, assis seul au premier rang de la salle déserte et même parfois perché au bord du plateau, absorbé par son travail. Je m'aperçus qu'il connaissait le nom de toutes les filles qui, dès que Leroux s'éloignait, venaient discuter et plaisanter avec lui.

Bientôt l'Opéra, tant du point de vue social que technique, n'eut plus de secrets pour moi. C'est ainsi que j'appris que la Calliope, dont tout le monde parlait, n'était pas un instrument de musique mais le surnom donné au système à gaz fort sophistiqué qui fournissait l'éclairage du théâtre. Alors qu'en Angleterre les théâtres avaient commencé à se convertir à la lumière électrique[1], le Palais Garnier s'enorgueillissait d'un équipement fonctionnant au gaz et exigeant quatre hommes pour le faire marcher, au troisième sous-sol, à l'aplomb du plateau.

Je découvris également que les chevaux admirés lors de la représentation du *Prophète* vivaient au quatrième sous-sol aménagé pour recevoir jusqu'à quarante bêtes et quatre voitures, le tout à l'usage exclusif de la scène. Ils y accédaient par une rampe circulaire abrupte et poussiéreuse qui desservait cinq niveaux. Je ne suis pas certain qu'ils voyaient la lumière du jour, en dehors des stages qu'on leur octroyait à la campagne par périodes de trois semaines. L'air frais leur parvenait par

---

1. En 1887, le *Savoy*, construit par Richard D'Oyly Carte pour les opéras de Gilbert et Sullivan, fut le premier théâtre entièrement éclairé à l'électricité.

des ventilateurs placés à cet effet sur le toit du bâtiment.

Au cours d'une représentation de *Mondego*, à la fin du premier acte, un magnifique hongre blanc nommé César escalada au galop un élément de décor, la vedette sur le dos. J'allai féliciter Jacques, son dresseur, et, saluant la performance de l'animal, m'étonnai que tant d'agitation ne l'affolât pas. Il rit.

— Il a le théâtre dans le sang et connaît l'opéra par cœur. Il écoute la musique et sait quand c'est l'heure de la grimpette.

Le jeune Ponelle, mon voisin de droite, me servit d'encyclopédie vivante des particularités de l'endroit et de son histoire. Un jour, il me désigna le lustre, au-dessus du parterre, et me révéla qu'il pesait près de six tonnes. Je voulus savoir d'où il tenait tous ces détails.

— J'ai grandi en face pendant la construction, m'expliqua-t-il, heureux de se retourner sur son enfance. Enfin, au bout de la rue, plus exactement...

Et il précisa avec une certaine fierté :

— Dans la maison où est morte Alphonsine Plessis. Vous savez bien, celle de l'opéra de Verdi[1]. Ils ont commencé à creuser aux alentours de 1860, juste après que le jeune Garnier a remporté le concours. Nous

---

1. Alphonsine Plessis, paysanne normande, se faisait appeler Marie du Plessis lorsqu'elle était la maîtresse d'Alexandre Dumas fils. Après sa mort, causée par la tuberculose à l'âge de vingt-trois ans (alors qu'elle était devenue une courtisane célèbre), Dumas la fit revivre dans son roman *La Dame aux camélias*, dans lequel il changea une nouvelle fois son nom en celui de Marguerite Gautier, en 1848. La pièce qu'il en tira rencontra un immense succès, y compris aux États-Unis où elle s'intitulait, pour de mystérieuses raisons, *Camille*. En 1853, Verdi transforma encore le nom de la malheureuse héroïne qui devint Violetta Valery dans son opéra *la Traviata*.

autres, les gosses, avons même mis la main à la pâte. On transportait des paniers, on apportait à manger aux ouvriers, des services de ce genre. Le chantier a duré quinze ans.

— Quinze ans !

— En fait, il y a eu une interruption due à la guerre et à l'arrivée des Prussiens aussi. Encore aujourd'hui, ici, on répugne à monter Wagner.

Vous pouvez imaginer ma déception, Watson, vous qui connaissez mon goût pour Wagner. Il m'aide à réfléchir.

— À quoi sont destinés les travaux de la rue Scribe ? demandai-je. À de nouvelles dépendances pour l'Opéra ?

— Non, non. Ils sont en train de construire un métro – comme en Angleterre.

En tant que musicien, je restais étranger à la majeure partie de la maison. J'avais ma place dans la fosse et mon placard dans le vestiaire de l'orchestre distinct de celui des autres artistes, et comme je n'avais qu'une vue partielle du plateau, je ne fréquentais presque personne.

J'avais pourtant accès aux ragots et j'en fis provision. J'appris ainsi que la mère de Jammes était une vieille sorcière intrigante, que Meg Giry était « un personnage » et s'occupait des loges de la corbeille, que M. Mercier, le directeur de scène, avait une maîtresse dont la blondeur des tresses n'était pas garantie, que MM. Debienne et Poligny, les directeurs généraux (que j'avais sans le savoir rencontrés lors de mon audition), n'allaient pas tarder à se retirer. La Daaé avait un admirateur, le vicomte de Chagny, disait-on. Le Fantôme s'était encore exprimé la nuit dernière aux oreilles de Joseph Buquet, le chef-machiniste (qu'on prétendait lui aussi épris de la Daaé).

Le Fantôme ! Parmi toutes les histoires qui me parvinrent au cours de mes deux premières semaines, rien ne me parut plus étrange que ces allusions régulières au Fantôme.

— C'est pratiquement une institution, m'expliqua Ponelle. Personne ne semble se souvenir quand tout cela a commencé. Je suppose que le bâtiment est si gigantesque et si profondément enfoncé dans le sol qu'il est bien naturel de le croire hanté. On raconte qu'il y a des cadavres, là-dessous.

Puis il ajouta, baissant la voix :

— Cela remonterait à l'époque de la Commune. L'Opéra a servi de prison[1].

— Ils ont utilisé ce théâtre comme prison ?

— Oui, et ils ont jeté les cadavres dans le lac, ajouta-t-il d'un air sombre.

— Alors, il y a réellement un lac ? m'étonnai-je.

— Je ne l'ai jamais vu, mais je sais qu'en creusant les fondations, ils ont atteint l'eau – Paris est construit sur des marécages, vous ne l'ignorez pas. Le chantier a dû s'interrompre. Ils ont alors eu l'idée lumineuse de pomper temporairement l'eau, de paver le fond et d'y planter les piles de soutien. Après quoi, ils ont laissé l'eau se réinstaller et former un lac souterrain. Tout ça a pris près de huit mois.

Il avait prononcé cette dernière phrase avec une certaine fierté.

---

1. À la fin de la guerre franco-prussienne de 1871, certains Parisiens extrémistes, se jugeant trahis par le gouvernement français lors de la signature d'une paix humiliante, refusèrent de rendre les armes qu'ils avaient utilisées contre les Allemands et instaurèrent à Paris une « Commune » révolutionnaire qui résista deux mois avant d'être anéantie.

— Mais c'est insuffisant pour en déduire qu'il y a un fantôme, conclut-il avec le spectre d'un sourire.

— Ce n'est pas aussi simple, répliqua Béla, inlassablement en divorce avec sa corde d'*ut*. Des gens l'ont vu. Des gens l'ont entendu.

— Bof... Superstition. Quels gens ? Où ?

— Au bout des couloirs ; à travers les murs des loges. On raconte même que Mme Giry est intime avec lui.

— Vous êtes stupide. Comment peut-on être intime avec un fantôme ? s'énerva Ponelle.

— Tout le corps de ballet est amoureux de lui, insista Béla. Certaines ont aperçu son ombre, d'autres l'ont rencontré en habit de soirée, et d'autres encore assurent qu'il n'a pas de tête – mais elles l'adorent toutes.

— Et toutes le trouvent hideux.

— Évidemment. Et c'est sa laideur qu'elles apprécient. Vous connaissez l'histoire de *La Belle et la Bête*. L'image repoussante de la Bête crée une irrésistible fascination. Citez-moi une femme qui ne soit pas déçue au moment où la Bête se transforme en Prince charmant.

— Ce n'est pas un prince charmant qui a fait fuir M. Frédéric, maintint Ponelle.

— Qu'est-il arrivé à M. Frédéric ? demandai-je, soudain très intéressé.

— Eh bien ! pourquoi croyez-vous qu'il est parti dans les rues en hurlant et en jurant qu'il ne jouerait plus jamais ici ? Pourquoi croyez-vous qu'on vous a engagé ?

— Parce que j'ai fait une bonne audition ? hasardai-je, quelque peu désarçonné.

— Parce qu'il est parti, corrigea-t-il brutalement avant de revenir sur Ponelle pour conclure : de toute façon, la direction elle-même croit à l'existence du Fantôme.

— La direction, c'est une paire d'imbéciles, rétorqua Ponelle. Et qui sera sous peu remplacée par une autre paire d'imbéciles. C'est le lot de la direction.

Je m'apprêtais à répondre à cette dernière observation lorsqu'une voix familière et péremptoire nous ramena à la répétition :

— Messieurs ! Quatre mesures après G, s'il vous plaît.

Et ainsi passèrent les jours. Je me surpris à regarder, chaque soir, la corbeille. La loge restait invariablement inoccupée.

— Loge numéro cinq, m'expliqua Béla, à qui mon habitude n'avait pas échappé. On dit qu'elle est réservée au Fantôme.

En entendant cette remarque, Ponelle leva ses yeux bleus au ciel.

Toute cette histoire de fantôme ne signifiait pas grand-chose pour moi, vous l'imaginez aisément, Watson. J'ai toujours été sceptique, et c'est le moins qu'on puisse dire, sur le chapitre des manifestations surnaturelles. J'avoue que la conversation m'avait amusé, mais dans l'état d'esprit qui était alors le mien, elle ne pouvait pas hanter durablement mes pensées ! Si l'effet produit par le Fantôme sur la santé mentale de M. Frédéric avait été à l'origine de mon engagement, je ne pouvais qu'en éprouver de la gratitude. Il me revenait parfois en mémoire que, le premier jour, lorsque je m'étais égaré dans les sous-sols, il m'avait semblé entendre, à un moment donné, une sorte de rire désincarné, mais je chassais aussitôt ce stupide souvenir.

De toute façon, même si j'avais accordé une importance extrême à ce fantôme, rien n'en aurait subsisté après l'explosion qui dévasta mon cerveau lorsque la foudre me frappa, un matin, par la bouche de Leroux qui nous fit l'annonce suivante :

— Messieurs, comme vous le savez, nous commençons aujourd'hui notre travail sur une nouvelle production de *Carmen*. Suite à un malaise soudain de Mlle Emma Calvé, le rôle principal sera repris au pied levé, avec une infinie gentillesse, par la célèbre diva américaine, Mlle Irene Adler.

3

Un fantôme personnel

Si Leroux m'avait plongé sa baguette droit dans la poitrine, il n'aurait pas causé plus de dégâts. Je luttais encore pour ne pas tomber de ma chaise que déjà tout l'orchestre se levait en applaudissant pour accueillir la remplaçante de dernière minute. J'eus la présence d'esprit de suivre le mouvement tout en baissant la tête, comme par respect, pour ne pas risquer d'être reconnu[1].

J'avais tort de m'inquiéter. Mlle Adler remercia depuis la scène d'où elle ne pouvait me voir, et presque aussitôt la répétition commença dans la plus grande concentration.

Carmen avait été écrit par Georges Bizet pour l'Opéra-Comique en 1875. La première obtint un succès de scandale et ne précéda la mort de son malheureux auteur que de quelques mois, à l'âge de trente-cinq ans. Peu de temps après, ce chef-d'œuvre triomphait à Vienne puis dans le monde entier. Paris tourna le dos à *Carmen* dix ans durant, comme s'il

---

[1]. Pour Holmes, Irene Adler fut toujours *la* femme. Pour connaître le détail de leur rencontre, nous conseillons au lecteur de se reporter au récit de Watson intitulé *Un scandale en Bohême*.

suffisait d'ignorer une merveille pour l'empêcher d'exister. Mais ce dédain avait peu de chances de perdurer lorsque des personnalités aussi différentes que Brahms, Tchaïkovski, Nietzsche et Wagner – des hommes qui ne pouvaient pas se supporter les uns les autres – affirmaient en chœur que Georges Bizet était un génie. Tous s'accordaient pour dire que c'était la musique de Bizet qui élevait et, en quelque sorte, rachetait l'histoire grossière de cette gitane voleuse sordidement poignardée par son amant jaloux. Lorsque les Français daignèrent enfin s'intéresser à ce qui était devenu l'opéra le plus populaire jamais écrit, ils décidèrent d'en éliminer les dialogues parlés, et un certain Ernest Guiraud, un « ami » du compositeur disparu, accepta de remplacer ces passages « choquants » par des récitatifs. C'est cette manipulation qui permit l'accession du chef-d'œuvre de Bizet à la catégorie du « grand opéra » et, en conséquence, son inscription au répertoire du Palais Garnier.

Tout en déchiffrant l'ouverture, j'essayais de me remettre toute cette histoire en mémoire dans le but de calmer les battements qui torturaient ma poitrine. Irene Adler ! Vous vous rendez compte, Watson ? Cette créature que j'avais crue envolée pour toujours des années plus tôt ressuscitait, tel Lazare. Que diable venait-elle faire ici ? N'était-elle pas mariée ? N'avait-elle pas décidé d'abandonner la scène ? À l'évidence, non. Il eût déjà été fort embarrassant de rencontrer cette femme dans des circonstances normales, mais que l'événement eût lieu dans un tel décor aggravait encore ma confusion et mes problèmes. J'avais réussi – jusque-là du moins – à recouvrer ma sérénité dans une nouvelle vie, et voilà que cet équilibre était menacé par la réapparition triomphale de ma vieille adversaire.

Comment allais-je m'y prendre pour l'éviter ? Devais-je demander un congé de maladie ? Cette solution semblait plutôt maladroite. Je venais juste de me stabiliser dans un emploi et maître Leroux n'aurait pas toléré une absence couvrant l'ensemble des représentations.

En jouant, mon calme me fut rendu. Je me dis que puisque Mlle Adler ne pouvait me voir depuis la scène et que les loges des artistes – quatre-vingts – étaient séparées de celles de l'orchestre, j'arriverais peut-être à garder mes distances.

Bientôt, pourtant, nous attaquâmes la « Habanera » et un tourment nouveau vint m'assaillir. J'avais, bien sûr, lu de nombreux articles sur Mlle Adler – elle s'était fait applaudir aussi bien à la Scala qu'à l'Opéra impérial de Varsovie –, mais seule sa réputation était parvenue jusqu'à moi. Maintenant, confronté à la réalité, force m'était de constater que les critiques avaient sous-estimé ses dons. Fascinée par sa grande beauté, la presse avait négligé de décrire la richesse de sa voix, ou en avait été incapable. On la considérait comme une contralto, mais en vérité, c'était une mezzo, le registre pour lequel *Carmen* avait été écrit (même si les sopranos tenaient à interpréter le rôle en le faisant transposer).

C'était là une torture imaginée par quelque Torquemada. Invisible au-dessous d'elle, je devais écouter, répétition après répétition, cette voix envoûtante tandis qu'elle jouait le rôle d'une sirène et séduisait Don José, avant d'en être réduit tous les soirs, en public, à attendre qu'il la poignarde.

La Première justifia l'existence de l'Opéra de Paris et combla tous ses espoirs. Il y eut d'interminables rappels et ces mêmes Parisiens qui avaient méprisé la truculente adaptation de la nouvelle de Prosper Mérimée, seize ans plus tôt, portaient maintenant aux nues l'interprétation de la gitane sublime par Mlle Adler. Je jure, la main sur le cœur, que le grand lustre lui-même frémit sous les bravos. Et bien qu'il me fût impossible de la voir, je me souvins, au seul son de sa voix irrésistible, qu'elle était une artiste sans pareille[1].

Fort heureusement, le public ignore tout du chaos qui s'empare des coulisses pendant le spectacle. Il reste, grâce à Dieu, étranger aux entrées ratées, aux accessoires brisés, aux désaccords entre les chanteurs et le chef, et à tout le cortège de petits malheurs qui rendent chaque représentation unique. Il y a en réalité d'innombrables risques pour que tout marche de travers, mais les exclamations étouffées et les murmures hystériques n'atteignent pas les oreilles de ceux qui sont venus pour écouter de la musique.

Il n'en est pas de même pour celles des occupants de la fosse d'orchestre. Lors de notre première de *Carmen*, il se produisit effectivement quelque chose en coulisses au cours du deuxième acte car, à l'entracte, j'entendis des cris et des pleurs. Mais depuis le foyer de l'orchestre, séparé du lieu du tumulte par toute la largeur du plateau, il nous fut impossible de savoir ce qui était réellement arrivé. Avant que l'explication de cette confusion nous fût donnée, le spectacle avait repris et l'incident fut chassé de mes soucis par mes responsabilités musicales et d'autres préoccupations plus accaparantes.

Après le baisser de rideau, une réception était prévue, à laquelle nous étions conviés. Pour ma part, mon plus grand désir était d'y échapper car je savais que notre Carmen y assisterait. Jusqu'à présent,

---

1. Irene Adler n'était pas la seule Américaine à triompher en Europe dans ce rôle. Les Parisiens appréciaient aussi énormément la Carmen de Minnie Hauk.

j'avais réussi à me rendre invisible et rien n'était venu contrarier mes précautions. Dès le rideau donc, je quittai ma chaise et pris la fuite. D'habitude, après m'être changé, je retrouvais Ponelle et parfois Béla dans un bar de la rue de la Madeleine pour un sandwich et un verre de cognac, avant de rentrer chez moi ; cette nuit-là, je renonçai à tout copinage. Et c'est en tenue de soirée que je me hâtai vers le Marais, avalant sandwich et cognac dans un bistrot de hasard avec pour seule ambition de m'enfermer chez moi et de contempler le plafond.

Alors que j'approchais de ma maison, je remarquai un jeune homme grand et mince adossé contre le mur, un large feutre rabattu de façon désinvolte sur un œil.

— Bonsoir, monsieur Sigerson.

J'allais passer mon chemin et m'en tirer en grommelant un bonsoir, mais quelques mesures de la « Seguedilla », fredonnées d'une voix étouffée de mezzo, m'arrêtèrent. Le jeune homme éclata de rire, révélant des dents irréprochables et des yeux noirs étincelants. C'était Carmen en personne.

— Mademoiselle Adler !

— Je vois que vous réagissez plus rapidement que lors de notre précédente entrevue[1].

Je jetai un rapide coup d'œil dans l'ombre qui nous entourait.

— Comment avez-vous appris que j'habitais ici ?

— Je répondrai à cette question et à beaucoup d'autres si vous avez la gentillesse de me faire visiter vos pénates, répliqua-t-elle en se dégageant du mur.

---

1. Lors de cette entrevue, cette fois aussi en habit d'homme, Mlle Adler avait souhaité bonsoir à Holmes sans qu'il la reconnût sous son déguisement.

Et comme elle me voyait hésiter, elle poursuivit :

— Allez, vous n'avez rien à redouter de moi. Je suis tout à fait inoffensive et je l'ai toujours été.

Plutôt que d'émettre des doutes quant à cette affirmation dans un endroit où quelqu'un risquait de nous surprendre, je sortis mes clés de ma poche et l'invitai à monter.

Une fois dans mon modeste intérieur (qui me parut soudain plutôt sordide), Irene Adler se débarrassa de son chapeau, ôta ses gants, fit le tour du propriétaire comme un chat, s'installa dans un fauteuil – le seul, d'ailleurs, en face de mon canapé – et croisa les jambes en ménageant le pli de son pantalon. Apparemment, le temps n'avait aucune prise sur elle. Elle restait aussi belle que sur la photographie que je chérissais depuis des années et qui trônait, splendidement seule, sur la cheminée. Sa peau était parfaite, d'un rose délicat, ses yeux ravissants pétillaient de vie et ses cheveux brillaient toujours comme de l'ébène poli. En réalité, sa beauté avait quelque chose d'insoutenable car je sentis, en la regardant, naître une légère pression sur mes tempes. Vous savez pourtant comme je suis peu sujet aux migraines, Watson.

— Vous n'avez rien à boire ?

— Je crains que non, dis-je en lui lançant un coup d'œil hostile, mais elle ne perdit rien de son calme.

— Asseyez-vous donc, monsieur Sigerson. Il faut que nous parlions.

Je me laissai tomber sur mon canapé, irrité par sa façon de tout diriger.

— Jugez de ma surprise, commençai-je dans l'espoir de reprendre l'initiative. J'étais persuadé que vous étiez mariée et que vous ne chantiez plus.

— M. Norton est mort de la grippe un an après notre mariage[1], répondit-elle d'une voix sombre en détournant un instant le regard, et j'ai dû reprendre ma carrière pour des raisons économiques.

— Votre deuil me peine, dis-je très sincèrement, remarquant qu'elle portait toujours son alliance. Et je suis également désolé que vous soyez en difficulté.

Elle haussa alors les épaules pour montrer qu'elle n'était pas femme à plier devant l'adversité.

— J'ai toujours la tête hors de l'eau, comme on dit chez moi[2]. Et j'espère avoir encore quelques bonnes années.

Puis elle se tut, comme pour attendre un commentaire de ma part.

— Si j'en juge par ce que j'entends chaque jour, je ne puis imaginer que vos triomphes aient une fin.

— Vous êtes trop indulgent.

— Mais vous ne m'avez toujours pas dit comment vous avez appris que j'étais ici.

Elle sourit, et son regard glissa brièvement sur sa photographie.

— Savez-vous à quoi les divas passent leur temps, entre les représentations ?

— Croyez-vous qu'il soit très convenable de me le raconter ?

Elle ne tint pas compte de ma plaisanterie et contempla le bout de sa bottine qu'elle fit bouger négligemment de gauche à droite. Ma migraine empira.

---

1. Mlle Adler avait épousé l'avocat londonien Godfrey Norton en 1887. Holmes (déguisé) avait assisté à la cérémonie.
2. Mlle Adler était originaire du New Jersey. Elle naquit à Hoboken, où vit le jour au moins une autre grande voix.

— Nous sommes entre hommes du monde, n'est-ce pas ? dit-elle en riant. Je crois que je vais risquer de me confier à vous. Les divas visitent les villes dans lesquelles elles séjournent. Elles veulent voir les monuments et les musées. Elles entrent aussi dans les galeries.

— Je ne suis pas certain de vous suivre.

— Voici quelques jours, dans une galerie, justement, j'ai longuement admiré des pastels et des aquarelles de M. Degas.

— Oh…

— Vous pouvez imaginer ma surprise lorsque, contemplant une scène de ballet, à l'Opéra, j'ai reconnu votre visage, dans la fosse, au-dessus d'un violon[1].

Je restai sans voix, ce qui la fit rire de plus belle.

— Je n'en croyais pas mes yeux, n'en doutez pas. Après tout, Degas est ce qu'on appelle un impressionniste[2]. Eh bien ! l'impression était frappante. À qui d'autre pouvait-on attribuer ce profil aquilin, ce nez d'aigle, cet œil ombrageux, ce front d'intellectuel ? Et qui, si l'on accorde foi aux récits du Dr Watson, était plus compétent pour tenir un violon ? Mais vous aviez été déclaré officiellement mort et j'y regardai à deux fois. Il n'y avait pas le moindre doute. Peu m'importait de savoir comment vous vous retrouviez dans une œuvre de M. Degas. Je ne voulais pas non plus dévoiler votre incognito car j'allais bientôt avoir besoin de vos services. Je me suis donc contentée de mener ma

---

1. Holmes par Degas ! Le pastel inestimable faisait encore partie il y a peu de temps de la collection de feu le baron Von Thurm und Taxis Von Thyssen. Il fut adjugé à un acquéreur anonyme lorsque la veuve de Von Thyssen dut se résoudre à une vente, à Genève, en 1992, pour payer les droits de succession du défunt baron.
2. « Impressionniste », en 1891, était encore un qualificatif péjoratif.

petite enquête à l'Opéra pour découvrir votre identité d'emprunt.

— Les raisons qui me font agir n'appartiennent qu'à moi, répondis-je prudemment. Mais je ne tiens pas à ce qu'on apprenne que je suis encore en vie avant que je ne le juge opportun.

— Vous pouvez me faire confiance, je respecterai vos désirs.

Elle demeura immobile, observant un silence amical et escomptant, j'en fus soudain conscient, que je vienne près d'elle. Il était écrit qu'avec cette femme j'aurais toujours un temps de retard. Les tempes douloureuses, je me souvins brusquement de la fin de sa phrase précédente.

— De quels services vouliez-vous parler ?

— N'avez-vous rien entendu d'anormal en coulisses, ce soir ?

— Il m'a semblé, oui.

— Il y a eu un suicide.

— Un suicide ?

— Je vous donnerai de plus amples détails lorsque j'en aurai. M'offririez-vous une cigarette ? J'ai bien peur que ce rôle ne me pousse au tabagisme.

Je lui tendis mon paquet, sans montrer la moindre désapprobation, de peur de la faire rire à nouveau et qu'elle ne revendique quelque privilège de « bohémienne » avec tout ce que ça impliquait.

— Qui donc s'est suicidé ?

Ce n'est qu'après que je lui eus présenté une allumette et que j'eus déposé un cendrier devant elle qu'elle répondit.

— Le chef-machiniste, Joseph Buquet. On l'a trouvé pendu au cours du deuxième acte, dans le troisième sous-sol.

— Ah !

— Il s'est passé quelque chose, ça ne vous a pas échappé, n'est-ce pas ?

— Nous avons eu l'impression d'un remue-ménage, effectivement.

Je m'aperçus que j'avais adopté mon attitude habituelle lorsque j'écoute un client m'exposer son affaire, mes doigts pressés les uns contre les autres par leurs extrémités, les yeux clos, pour ne pas me laisser distraire.

— Bon, eh bien ! maintenant, vous voilà au courant.

— C'est très malheureux, mais je ne vois pas en quoi je dois me sentir concerné ?

— Connaissez-vous Christine Daaé ? demanda-t-elle en ignorant ma remarque.

— Je connais sa voix. Nous ne nous sommes jamais rencontrés.

— C'est une amie.

J'ouvris de grands yeux et vis que les siens pétillaient de malice.

— Oh, je sais ce que pensent les gens, et ce que les journaux les poussent à penser : les prime donne s'entre-déchirent, elles se crêpent le chignon en coulisses, etc. Mais c'est rarement le cas, à mon avis, entre une mezzo et une colorature. Nous ne sommes pas en concurrence directe.

Soufflant la fumée de sa cigarette, elle prit un air songeur avant de poursuivre :

— Non, je n'éprouve aucune hostilité envers la petite Christine. Au contraire, j'aurais plutôt envie de la protéger. Je l'ai prise sous mon aile.

— Vraiment ?

— Il y a des gens sur cette terre, monsieur Sigerson, qui ne sont doués que pour une seule chose. Certains sont de véritables machines à réfléchir… (Elle insista sur la formule et je hochai la tête…) Pour d'autres c'est une spécialité différente ou, devrais-je dire, une limite.

— Et Mlle Daaé ?

— Elle est totalement innocente, si vous voulez le savoir. Belle et simple – on serait presque tenté de dire simplette. C'est une Scandinave. Orpheline de mère, elle a appris la musique avec son père qui est bientôt mort à son tour. De la vie, elle ne connaît que la pratique musicale. Elle est incapable d'imaginer tous les tours que réserve notre monde sophistiqué, alors qu'elle se retrouve tout d'un coup exposée en pleine lumière.

— Vous faites allusion au vicomte de Chagny ?

— Vous avez l'oreille fine, s'étonna-t-elle.

— Allez, allez, madame. Vous savez bien qu'en coulisses on est au courant de tout, qu'on le cherche ou non.

— Le jeune homme est sans doute amoureux d'elle, mais il n'est pas le seul.

— Qui d'autre ?

— Joseph Buquet.

Je rouvris les yeux une deuxième fois. À présent, elle ne souriait plus.

— Le chef-machiniste ? Oui, j'ai souvenir de quelque chose de ce genre, maintenant que vous m'en parlez. C'était très ambitieux de sa part d'espérer séduire Mlle Daaé.

— C'est ce qu'a dû se dire le jeune vicomte lorsqu'il l'a surpris à genoux dans la loge de son idole, en train de se déclarer.

— J'aurais aimé voir ça.

— J'ai tout entendu depuis ma propre loge, dit-elle avec un imperceptible haussement de ses élégantes épaules. Le vicomte a jeté Buquet dehors et a quitté l'Opéra presque aussitôt en compagnie de son frère aîné, le comte, laissant ma pauvre amie en larmes. Comme j'avais suivi la scène, je suis allée la réconforter.

— Et c'est à la suite de cet incident que Buquet s'est donné la mort ?

— En apparence…

— Que voulez-vous dire ?

— Après la découverte du corps…

— Qui l'a découvert ? Essayez de me donner autant de détails que possible.

— Deux membres de l'équipe technique. J'ignore leur nom. Ils ont poussé un grand cri – je l'ai perçu distinctement pendant l'air des « Fleurs » – et plusieurs personnes, parmi lesquelles Debienne et Poligny, les directeurs, se sont précipitées pour aider à couper la corde. Mais en arrivant sur le lieu du drame, devinez ce qu'ils ont trouvé ?

— L'imagination n'est pas mon fort. Je préfère les faits.

Elle acquiesça de bonne grâce.

— Ils ont trouvé le corps du pauvre homme déjà au sol – et la corde qui l'avait tué avait disparu.

— Disparu ?

— Je veux dire : elle avait été coupée. Un bout pendait encore du plafond, à l'aplomb du cadavre. On l'avait tranchée. Buquet gisait sur le sol, mais le reste de la corde, la partie qui aurait dû lui enserrer le cou, cette partie-là avait disparu.

— Peut-être avait-elle été ôtée par l'un des deux machinistes ?

— C'est ce qu'on a cru d'abord. Mais dès la découverte, toutes les issues du troisième sous-sol ont été gardées. Emporter la corde eût été impossible. D'ailleurs tout le monde a nié l'avoir fait.

— Et pourtant…

— Voilà. Où est cette corde ? dit-elle en se levant pour esquisser quelques pas dans la petite pièce, spectacle dont je ne vous dirai rien, mon cher Watson ! Ils ont appelé la police, bien sûr, mais je connais leurs méthodes et je n'ai pas grand espoir. Surtout, comme je vous l'expliquais, c'est pour mon amie que je m'inquiète. Elle semble entraînée malgré elle dans une aventure dont elle ignore tout, aussi innocente que pourrait l'être une chandelle de la mort des mouches qui, affolées par elle, auraient fini par se brûler à sa flamme.

— Et… il y a d'autres mouches ?

Elle hésita, un minuscule froncement affectant ses délicats sourcils.

— Il y a un homme, commença-t-elle avant de s'interrompre.

— Je vous écoute.

Elle me lança un regard interrogateur, puis retomba dans son fauteuil avec un soupir.

— Mais je ne l'ai jamais vu.

— Oh ?

— Comme je vous l'ai dit, sa loge se trouve à côté de la mienne. Et je les entends – pas les mots eux-mêmes, comprenez-moi bien, mais le son de leur conversation. Sa voix à elle, puis la sienne à lui, et ainsi de suite.

Elle fit voleter sa main devant elle.

— Parfois, il me semble que ce doit être son maître de musique, car je les entends chanter.

— Vraiment ?

Elle hocha la tête.

— C'est curieux.

— C'est aussi ce que j'ai pensé.

— Mais pas réellement exceptionnel dans un Opéra. C'est peut-être son répétiteur.

— À mon avis, elle n'en a pas. Je suppose qu'elle m'en aurait parlé si elle en avait un, car c'est justement ce genre de sujet que nous abordons ensemble.

— Vous les avez entendus chanter. Des duos, vous voulez dire ?

— Parfois. À d'autres moments, c'est elle qui chante, et il lui parle tout bas, comme s'il lui donnait des conseils. Mais évidemment, il peut s'agir d'une impression…

— Vous est-il arrivé de mentionner l'existence de ce monsieur lors de vos rencontres avec Mlle Daaé ?

— Je ne me permettrais pas, répondit-elle.

Je comprenais cette discrétion.

— Dites-moi, reprit-elle en souriant, avez-vous déjà entendu parler du Fantôme de l'Opéra ?

— Tout le monde en parle. La moindre farce, le plus petit trou de mémoire, tout lui est imputé.

— Certains croient à son existence.

— Mlle Daaé, par exemple ?

— Elle ne l'avouerait pas, mais elle y croit. Et Mme Giry, la mère de la petite Meg, qui s'occupe des loges de corbeille, en est elle aussi convaincue.

— L'a-t-elle déjà vu ?

— Non, mais elle a entendu sa voix.

— Encore des voix ! J'ai bien peur que nous nous égarions, objectai-je. Je ne suis pas exorciste.

— Je voudrais que vous protégiez Christine, dit Irene Adler sans détour. Dès que la Calvé sera rétablie, ce qui ne saurait tarder, elle va reprendre son rôle et moi je m'en irai honorer d'autres contrats. En fait, je suis attendue à Amsterdam dans quatre jours. Je voudrais que vous protégiez Christine.

Elle avait répété la phrase avec plus d'assurance, comme pour emporter mon adhésion. Puis elle reprit :

— Le vicomte a beau être amoureux d'elle, c'est encore un enfant, totalement démuni devant les perversités du monde, tout comme sa maîtresse.

— Et si je refuse ?

Elle s'immobilisa et contempla sa photographie, sur la cheminée, avec une expression énigmatique, la tête légèrement penchée de côté.

— Si vous refusiez...

Elle hésita, puis poursuivit, comme pour elle-même :

— J'imagine que je devrais réviser mes intentions concernant le respect de votre incognito.

— J'avais oublié que vous étiez une spécialiste du chantage[1].

— Seulement lorsque ça en vaut la peine, rectifia-t-elle, sans se démonter. Acceptez mon silence à titre d'honoraires.

J'essayai de réfléchir malgré l'étau qui me broyait les tempes, tandis qu'elle s'absorbait dans la contemplation de ses ongles.

— D'après vous, comment réussirais-je à me glisser dans le cercle privilégié des coulisses avec lequel je n'ai normalement aucun contact ? Je ne me vois pas me promener sous un déguisement tout en conservant ma place dans l'orchestre.

— J'ai déjà étudié le problème. On donne ce soir un cocktail en l'honneur de MM. Poligny et Debienne qui, vous ne l'ignorez sans doute pas, quittent la direction de l'Opéra. Je suis certaine que ce n'est pas terminé. Vous êtes encore en habit de soirée et vous allez m'y accompagner. Je vous présenterai comme un ami d'Oslo, de l'époque où je chantais à l'Opéra royal.

---

1. Dans *Un scandale en Bohême*, Holmes croyait que Irene Adler faisait chanter le roi de Bohême ce qui, en réalité, n'était vrai qu'à moitié.

Ainsi, vous pourrez faire la connaissance de Christine et des autres personnes susceptibles de jouer un rôle dans cette affaire.

— Vous ne croyez pas que, après ce qui vient de se passer, la réception a été annulée ?

— Bien sûr que non, monsieur Sigerson, vous savez bien que, quoi qu'il arrive, « le spectacle continue ».

— Je suis en tenue de soirée, mais pas vous, remarquai-je en me levant à contrecœur pour prendre mon manteau.

— Mais si, sourit-elle. Au pays de George Sand et de Sarah Bernhardt, mes goûts vestimentaires, pour surprenants qu'ils soient, ne choqueront personne. Ne suis-je pas une artiste ! Nous y allons ?

Je n'avais pas le choix.

4

Premier sang

La réception, organisée dans l'un des immenses foyers, semblait plutôt lugubre. C'était toutefois une de ces occasions où, le temps d'une soirée, on se force à la gentillesse. Une sorte de démocratie artificielle annulant les clivages sociaux et dans laquelle les directeurs s'appliquent à se placer sur un pied de parfaite égalité avec les ouvreuses, où les habilleuses frayent avec les musiciens et où les ténors flirtent avec le corps de ballet, lequel assiège le buffet et s'empiffre.

La Sorelli s'était retirée dans un coin et répétait son discours d'adieu aux directeurs en soutenant sa mémoire par de nombreuses coupes de champagne.

Ailleurs, Leroux tenait sa cour, entouré des membres de l'orchestre qui buvaient ses paroles. Il avait l'air de celui qui, devant choisir entre s'ennuyer soi-même et ennuyer les autres, avait opté pour la seconde solution.

Christine Daaé n'était pas là. La mort de Buquet et la violente scène qui l'avait précédée dans sa loge avaient eu raison des nerfs de la jeune soprano. Un médecin lui avait administré un sédatif et l'avait fait raccompagner chez elle.

Mon arrivée avec Irene Adler à mon bras – en habit d'homme, qui plus est ! – ne passa pas inaperçue et je vis mes actions monter à la bourse de la considération. Ceux qui jusque-là m'avaient regardé comme un simple rouage dans la grande machine de l'Opéra se hâtèrent d'actualiser leur classement. Fort heureusement, maintenant que j'avais du travail devant moi, ma migraine perdait du terrain.

— Sigerson, quel cachottier vous faites ! s'exclama Ponelle en me prenant à part. Vous ne nous aviez pas dit que vous connaissiez Mlle Adler.

— Je suis un professionnel, expliquai-je, puis, voyant que ma cavalière s'impatientait, je le laissai à ses conjectures.

Elle me présenta à Debienne et Poligny à qui je n'avais pas parlé depuis mon audition. Ces messieurs ne posèrent aucune question sur le bien-fondé de l'amitié que j'avais nouée avec Irene Adler à l'Opéra royal d'Oslo, car ils étaient en pleine discussion avec la petite Jammes, Meg Giry et sa mère qui avaient toutes été interrogées un peu plus tôt par M. Mifroid, de la Préfecture de police. Leur conversation était ponctuée d'exclamations et de cris d'horreur, la petite Jammes affirmant que seul le Fantôme pouvait avoir commis un tel crime et Meg Giry approuvant avec enthousiasme.

— Je l'ai vu en personne, se vanta-t-elle, fière de son effet.

— Comment ? Quand ?

— Le soir de la dernière du *Prophète*, je suis sortie après tout le monde et je l'ai vu, debout au fond du couloir, juste éclairé par la lampe à côté de la porte des sous-sols. Il était en tenue de soirée.

— Il est toujours en tenue de soirée, dit quelqu'un.

— Et qu'a-t-il fait ? demanda un autre.

— Il s'est incliné profondément comme pour me saluer et a disparu dans le mur. Je n'ai jamais eu aussi peur de ma vie.

— Et son visage ? s'enquit un troisième.

— Monstrueux ! Une tête de mort !

Cette peinture fut accueillie par un cri d'effroi collectif.

— Oui, une tête de mort, répéta Meg, rose de satisfaction.

— Joseph jurait qu'il l'avait rencontré, interrompit Jammes pour reprendre le contrôle des opérations.

Et immédiatement, le groupe se forma autour de la rivale de Meg.

— Buquet ? Tu es certaine ?

— C'est lui qui me l'a dit, insista la gamine. Il m'a assurée que le visage n'était pas un visage – il n'y avait ni nez ni bouche –, juste deux yeux noirs brillants.

— Alors c'est clair, conclut un autre. Ça ne peut être que le Fantôme, l'assassin.

Ce diagnostic brisa net l'agitation et ne fut contesté par personne, pas même par la direction.

— Où exactement le cadavre du pauvre homme a-t-il été découvert ? demandai-je en affichant un air des plus détachés.

Sans ma récente accession au titre d'ami intime de Mlle Adler, personne n'aurait jugé bon de me répondre.

— Entre un panneau de décor et une statue du *Roi de Lahore*, dit Poligny accablé par ce souvenir.

— Et ce Buquet était-il du genre à mettre fin à ses jours ?

— C'était plutôt le genre à mettre fin aux jours des autres, ricana quelqu'un.

— Buquet n'était pas un homme à baisser les bras, confirma la direction.

Le silence qui suivit était significatif.

— Dois-je en déduire que vous croyez, vous aussi, au Fantôme ?

— Nous savons qu'il existe.

— Puis-je vous demander comment vous le savez ?

Ils se regardèrent brièvement, peu désireux d'en dire plus en public. Mme Giry prit alors la parole :

— Je m'occupe de sa loge, monsieur, annonça-t-elle d'un air important afin que personne n'en perde un mot.

Je compris d'où sa fille tenait son excentricité.

— Loge cinq ?

— Euh, oui… Comment avez-vous… ?

Un petit rire me suffit à éluder la question.

— Et qu'est-ce qui vous prouve qu'il occupe cette loge si vous ne l'y avez jamais vu ?

— Oh ! mais il me laisse toujours trois francs de pourboire.

— Un fantôme bien élevé, dus-je reconnaître.

— Et il a donné des ordres très stricts pour que cette loge lui soit toujours réservée.

— Vous l'avez entendu ?

— À travers les murs, monsieur. Il a la voix la plus douce du monde.

Je regardai Poligny et Debienne, mais ils ignoraient résolument cet échange et se concentraient sur le buffet.

La soirée se poursuivit et les spéculations sur la mort du pauvre chef-machiniste reprirent. La macabre affaire était encore trop brûlante pour que les gens échappent à la fascination de son mystère. Je pris Irene Adler par le coude et l'entraînai hors du cercle caquetant.

— J'aimerais étudier le cadre du prétendu suicide de Buquet, lui soufflai-je. Si quelqu'un remarque mon absence, voudriez-vous trouver une explication ?

Elle acquiesça, et dès que la Sorelli commença son éloge de Debienne et Poligny, je m'éclipsai discrètement.

Avant d'entamer la descente, je me fis un devoir d'aller jeter un coup d'œil dans la loge vide de Christine Daaé. Elle était assez spacieuse mais banale, tapissée de miroirs et enrichie d'un paravent identique à celui derrière lequel Leroux avait écouté mon audition. Un lavabo, une penderie contenant plusieurs costumes, un bureau, un tabouret réglable et un divan complétaient le maigre confort. Un effluve flottait dans l'air, sans doute le parfum de Mlle Daaé.

Je ne savais pas précisément ce que j'attendais de cette visite, mais je n'en retirai rien. J'étais rouillé, Watson. En outre, j'étais privé de mes recours habituels. À Londres, j'aurais pu interroger les hommes qui avaient découvert Buquet, j'aurais pu examiner le corps ; en un mot, j'aurais pu amasser mille petits riens pour établir ma chaîne d'indices. Ici, rien de tel. Pour tout dire, j'avançais avec une main liée dans le dos. Mais que faire d'autre, sinon me mettre au travail avec ce dont je disposais ?

Sortant de la loge, je regagnai l'entrée et me dirigeai vers la spirale des marches. Là, j'hésitai, avec un sentiment proche de celui d'Alice à l'instant de s'engouffrer dans le terrier.

N'ayant pas oublié que je m'étais déjà perdu une fois, je pris grand soin de mémoriser mon itinéraire. Bientôt, je n'entendis plus les échos de la réception. Les applaudissements concluant le discours d'adieu de la Sorelli laissèrent la place au silence tandis que je m'enfonçais dans la terre.

Lorsqu'il me sembla avoir atteint le troisième palier, je décrochai une lanterne de son support et m'engageai dans l'espace où je repérai instantanément le fameux *Roi de Lahore*. Au-dessus de ma tête, dans l'ombre, j'aperçus la poutre à laquelle le pauvre

Buquet s'était balancé. Malgré l'obscurité, je pouvais parfaitement distinguer le bout de corde plus pâle, coupé à son extrémité. La police n'avait pas fait son travail, négligeant d'emporter le morceau restant.

Je n'avais pas beaucoup de lumière, ni de loupe, Watson ; cependant, vous connaissez mes méthodes. Je me mis à quatre pattes et entrepris d'examiner le sol. Comme je le redoutais, il ne m'apprit pas grand-chose. Trop de gens avaient marché là, brouillant la poussière et arrachant les toiles d'araignées, et tout ce qui aurait pu m'éclairer s'en trouvait dispersé.

Cela ne m'empêcha pourtant pas d'émettre quelques hypothèses. Le fait que tout le monde, à la réception, écartait l'idée du suicide de Joseph Buquet, ne devait pas conduire à en éliminer l'éventualité. Ne pouvait-on pas même penser que le « Fantôme » (en attendant une meilleure raison sociale), loin d'être le meurtrier de Buquet, avait en réalité tenté de le secourir, découvrant la scène pendant que les deux amis de la victime étaient repartis chercher de l'aide, et coupant la corde ? Ce qui expliquerait qu'on eût ensuite retrouvé le corps par terre.

Mais alors, pourquoi aurait-il ôté la corde qui serrait le cou du cadavre ?

J'étais sur le point d'abandonner et de me remettre sur pied lorsque je reçus sur la tête un coup d'une violence telle que j'en perdis presque connaissance. La lampe s'échappa de mes mains et la nuit envahit l'endroit.

Avant que je récupère mes moyens, deux bras solides me saisirent par-derrière et me plaquèrent au sol, me coupant le souffle. Je roulai sur moi-même pour essayer d'échapper à mon assaillant, mais il m'accompagna sans relâcher son étreinte d'acier. Son manteau nous enveloppa pendant que nous luttions et j'entendais sa respiration saccadée tout près de mon oreille. Mes yeux s'affolèrent dans leurs orbites car l'air commençait à me manquer et j'allais sombrer dans l'inconscience.

La situation excluait toute tiédeur dans la riposte, aussi rameutai-je ma science du baritsu[1] pour le projeter par-dessus mon épaule. Il atterrit dans un bruit énorme en poussant une exclamation. Si c'était le Fantôme, il était bien de chair et d'os.

À tâtons, je récupérai la lanterne et la rallumai avant de me redresser et de me précipiter sur mon agresseur.

— Puis-je savoir à qui j'ai l'honneur ? dis-je hors d'haleine.

Il bougea avec difficulté, grognant de douleur, puis leva les yeux sur moi en passant sa langue sur sa lèvre fendue.

— Êtes-vous le Fantôme ? demanda-t-il.

— Et vous ?

— Moi, monsieur, je suis le vicomte Raoul de Chagny.

Je tendis une main au deuxième fils d'une des plus anciennes familles de France. Il l'accepta avec quelque réticence et je l'aidai à se relever. À la lumière de la cage d'escalier, je vis enfin son visage pâle et effrayé, enfantin. Il ne devait pas avoir plus de dix-huit ans.

— Que faites-vous donc ici ?

— Je pourrais vous poser la même question, répliqua-t-il, encore haletant.

— Il me semble que les circonstances me distribuent dans le rôle de l'investigateur, insistai-je doucement. Pourquoi m'avez-vous attaqué ?

---

1. Holmes était passé maître dans ce sport de combat du Japon ancien (voir *L'Aventure de la maison vide*). Cette discipline est si archaïque que je n'ai pu en trouver aucun adepte vivant.

— Êtes-vous un autre de ses soupirants ?
— Le soupirant de qui ?
— De Christine ! Je vous ai vu sortir de sa loge.

Je le regardai un instant avec stupéfaction et me retins d'éclater de rire. Je me rendis compte que le jeune homme était encore plus dépassé par les événements que moi. Navré et ébouriffé comme il l'était, il décourageait toutes mes velléités de punition. En réalité, nous nous partagions le ridicule.

— Où êtes-vous allé après votre dispute avec Buquet ? demandai-je.
— Le salaud…, commença l'autre.
— Vicomte, insistai-je, veuillez répondre à ma question. Où étiez-vous pendant la représentation de ce soir ?

Il soupira et se mit à épousseter ses vêtements avec une mine honteuse et lugubre.

— Mon frère désapprouve ce qu'il considère comme une tocade. Il est venu me chercher ici après mon… coup de colère et a absolument tenu à ce que j'aille dîner avec lui chez Maxim's. Je viens juste de rentrer et elle est partie.

— Savez-vous pourquoi elle est partie ?
— Je n'en ai pas la moindre idée.
— Monsieur, dis-je finalement, je crois qu'un verre vous ferait du bien.

5

Récit du vicomte

On a dit que si on reste suffisamment longtemps à ce carrefour du monde qu'est le Café de la Paix, on finit inévitablement par y rencontrer un ami. C'était précisément ce que je voulais éviter. Pourtant, il me fallut bien accéder au désir du petit vicomte. Comme dans un duel où le jeteur de gant concède à l'autre le choix des armes, le jeune homme m'assura qu'il était en droit de décider où nous prendrions notre verre. Comme il connaissait tous les repaires du grand monde et ne fréquentait que les meilleurs, ce choix ne m'étonna pas. Il ne m'en mit pas moins mal à l'aise, et je baissai le nez sur mon cognac. À l'extérieur, je pouvais voir par la fenêtre d'angle les six pelles mécaniques endormies dans la rue Scribe, telles des sentinelles fantomatiques veillant sur le chantier du futur métro parisien.

Pour sa part, Chagny se fit servir une absinthe qu'il avala d'un trait avant d'en demander une autre.

— Mort, dites-vous ?

Aussi brièvement que possible, je venais de l'informer des événements qui s'étaient déroulés après son départ de l'Opéra. Pour seule réponse, il passa une troisième commande.

— Et on me soupçonne ? s'inquiéta-t-il soudain, son verre à mi-chemin de ses lèvres tuméfiées.

— Votre alibi devrait exclure une telle hypothèse, l'informai-je sans toutefois parvenir à le rassurer.

— Je n'ai pas tué cet homme, par tous les saints ! Peut-être ignorez-vous qui je suis ? ajouta-t-il, indigné.

J'étais fatigué. Je répondis sans précautions.

— En dehors de votre ascendance et du fait que vous êtes depuis peu diplômé de l'École navale, que vous attendez d'embarquer sur le *Requin* qui doit appareiller pour le cercle arctique à la recherche des survivants de l'expédition du *D'Artois*, je sais peu de choses à votre sujet. Vous avez un frère plus âgé avec qui vous êtes en bons termes, mais…

Il me regardait bouche bée.

— Ainsi vous m'avez suivi !

— Comment ? Non, je vous assure, commençai-je en quête d'une explication plausible. J'ai simplement étudié une nouvelle science basée sur la déduction.

— Quelle nouvelle science ?

— Je vous observe, et que vois-je ? Un jeune homme qui se tient si droit qu'il semble vouloir proclamer son éducation militaire ; que vous soyez dans la marine ne fait pas mystère puisque vous vous êtes fait tatouer, à la suite de quelque excès d'enthousiasme, une ancre sur la main gauche ; je n'ai pas douté que vous fussiez officier en notant que vous portez votre mouchoir dans votre manche plutôt que dans votre poche. La chevalière qui orne votre annulaire droit m'a aussi mis sur la voie. Bien que vous soyez habillé en civil, vous gardez votre chapeau à l'intérieur comme un marin. Il est clair que vous n'êtes pas de service, et que vous n'êtes pas malade non plus. En longue permission, alors, mais pourquoi ? Pourquoi, me suis-je demandé, ce jeune officier a-t-il tant de loisirs ? Il attend son embarquement, à l'évidence, mais n'a pas encore reçu sa feuille de route. Pourquoi celle-ci tarde-t-elle tant ? Les journaux faisaient état de retards dans les préparatifs du *Requin* avant son départ pour l'Arctique, et c'est ainsi que je me suis permis de déduire votre poste et votre destination.

— La science de la déduction...

Il me considéra encore un instant puis, soudain, son visage s'éclaira et il claqua des doigts :

— Oh, je vois, comme Dupin !

— Qui ?

— Vous savez bien, Auguste Dupin, le célèbre détective français.

Je fus sur le point de laisser paraître mon irritation devant cette remarque stupide et de compromettre ce qui restait de mon incognito, mais je me ressaisis et préférai commander un second cognac[1].

— Mais qui êtes-vous donc ? poursuivit-il en se faisant servir une nouvelle absinthe.

— Un violoniste.

— Ah bon...

— Qui pourra peut-être vous venir en aide auprès de Mlle Daaé, me surpris-je à lui dire.

— Elle refuse de me parler, bredouilla-t-il.

Je compris que le temps m'était compté si je voulais profiter de la clarté de son esprit pour en tirer quelques renseignements...

— Comment avez-vous rencontré cette femme ?

— Eh bien, dit-il d'une voix traînante, comme vous l'avez supposé, j'attends d'embarquer sur le *Requin*.

---

[1]. Holmes qualifie dédaigneusement Dupin de « type tout à fait inférieur » (voir *Étude en rouge*).

Nous avons eu d'innombrables problèmes avec nos fournisseurs d'équipements polaires, et mon commandant ne veut pas courir le risque de subir le même sort que le *D'Artois*. Alors j'attends... Voici un mois, Philippe, mon frère, m'a emmené à l'Opéra pour me distraire. Je ne connais rien à la musique, pour ainsi dire, mais euh... Monsieur...

— Sigerson.

— ... Monsieur Sigerson, cette fille s'est emparée de mon âme à la seconde où j'ai posé les yeux sur elle, à la seconde où je l'ai entendue, car en vérité, elle chante comme un rossignol, articula-t-il laborieusement en rougissant jusqu'à la racine des cheveux. Je sais bien que c'est là une comparaison de profane...

— Ne vous inquiétez pas, continuez. Donc vous avez rencontré la jeune femme...

— Je lui ai envoyé des fleurs et ma carte. Elle a consenti à me recevoir. Je lui ai dit qu'elle m'avait ensorcelé. Elle m'a laissé entendre que, pour sa part, elle n'était pas insensible à mes sentiments, mais...

— Mais quoi ?

— Elle est si incroyablement mystérieuse ! Si innocente d'un côté, et si secrète de l'autre. Elle jure que je n'ai pas de rival mais comment puis-je en être certain ? Je refuse de la croire perfide et pourtant je ne peux chasser ce soupçon de mon esprit !

À ces mots, il ferma un poing et le frappa contre la paume de son autre main.

— Quelle raison avez-vous de douter d'elle ? Buquet ?

Il éluda cette idée d'un haussement d'épaules.

— Je reconnais que j'ai trouvé cette canaille à ses genoux, dans sa loge, ce soir, confessa-t-il en faisant tourner son verre plein devant lui, mais j'ai compris que l'initiative de cet assaut venait de lui et non d'elle, et je l'ai fichu dehors. Évidemment, jamais je n'aurais pu penser que ce type allait se suicider.

Du fond de son ébriété, il semblait avoir oublié que je lui avais dit que l'hypothèse du meurtre était la plus probable.

— Qui alors ?

— Je vais vous donner un exemple frappant. Je suis venu l'écouter dans Marguerite de *Faust*. Seigneur Dieu, comme elle chantait ! Personne n'avait jamais entendu pareille voix ; tout le public était médusé, en délire, et l'acclamait en criant son nom. Même mon frère, pourtant plus mélomane que moi, dit qu'elle n'avait jamais chanté aussi bien de sa vie. L'air des « Bijoux » dépassait la perfection. Quel génie, et dans quelle merveilleuse enveloppe, si vous... euh... voyez ce que je veux dire, conclut-il, rougissant de plus belle.

— Où a-t-elle étudié ? Le savez-vous ?

— C'était juste comme ça – elle n'a jamais étudié, sauf avec son vieux père, qui est mort depuis. Elle ne devait sa stupéfiante maîtrise qu'à elle-même, et à la fin de la soirée, elle s'est presque évanouie sur scène, comme terrassée par son succès !

— Vous êtes certain qu'il ne s'agissait pas, disons, d'une attitude théâtrale ?

— Ai-je l'air d'un imbécile, monsieur ?

Il me parut prudent de le rassurer sur ce point. Le petit vicomte interrompit son récit pour commander au garçon une cinquième absinthe.

— Après le spectacle, je me rendis dans les coulisses. Je me fis indiquer sa loge et je vis sortir son habilleuse, portant son costume et grommelant : « Elle n'est plus elle-même, ce soir. » J'attendis qu'elle se fût éloignée. J'allais frapper à la porte lorsque j'entendis des voix !

— Sa voix ?

— Oui, mais aussi celle d'un homme ! « Christine, il faut m'aimer », disait-il. Et elle répondit comme étouffée de sanglots : « Comment pouvez-vous parler ainsi, alors que c'est pour vous seul que je chante ? »

Le jeune vicomte pressa sa main sur son cœur à cette évocation.

— J'ai cru que j'allais mourir sur place, poursuivit-il, mais ce n'était pas fini. « Êtes-vous vraiment fatiguée ? », demanda la voix. « Oh ! Ce soir je vous ai donné mon âme et je suis morte ! » lui dit-elle. « Votre âme est une bien belle chose, mon enfant », reprit la voix, avec une infinie tendresse, « et je vous en remercie. César lui-même n'a jamais reçu de plus beau cadeau. Les anges ont pleuré ce soir. »

— Pouvez-vous décrire cette voix, celle de l'homme ?

— Oh ! monsieur, c'était la plus belle voix du monde en dehors de la sienne à elle, si pleine de délicatesse et de désir ! « Les anges ont pleuré ce soir ! »

Le visage du vicomte était maintenant baigné de larmes tandis que, contemplant son verre vide, il se remémorait ces terribles paroles.

— Et alors, qu'avez-vous fait ? le pressai-je doucement.

— J'ai attendu qu'il sorte, que vouliez-vous que je fasse, me dit-il comme par défi, me regardant de ses yeux chavirés. J'avais décidé de rencontrer mon rival et de lui administrer une correction ou de le provoquer en duel.

Il resta silencieux quelques secondes avant de s'écrier brusquement :

— Mais il n'est pas sorti, monsieur ! C'est ça qui est extraordinaire ! La porte s'est ouverte et Christine est apparue en manteau, absolument seule. Je me suis alors caché et elle s'est hâtée dans le couloir sans me voir. Je me suis précipité dans sa loge. Elle avait éteint la lumière et je me suis retrouvé dans l'obscurité. « Je sais que vous êtes ici ! » ai-je hurlé, refermant la porte derrière moi et m'y adossant de tout mon poids. « Et vous ne quitterez pas cette pièce avant de vous être fait connaître ! » Mais il n'y avait pas d'autre bruit que le martèlement de mon sang dans mes veines et le halètement de ma respiration. À tâtons, j'ai verrouillé la porte et j'ai rallumé. Aussi vrai que je suis ici devant vous, monsieur, j'étais parfaitement seul dans la pièce. Alors, pris de folie, je l'ai cherché partout, ouvrant la penderie, fouillant parmi les vêtements, derrière le canapé… sans résultat. Il s'était évaporé. Tout ce que je pus entendre alors que je restais là, tremblant de fureur, ce fut un faible écho de musique.

— De musique ? Mais la représentation était terminée, j'imagine ?

— Mais ça ne venait pas de la salle, dit-il avec un geste impatient de la main.

— D'où alors ?

— De… Qui sait d'où ? De l'air lui-même ! répondit-il avec un haussement d'épaules.

— Quel genre de musique ? Un chant ?

— Un chant, oui, une voix d'homme, mais aussi… de l'orgue.

Et il me fixa comme pour une approbation.

— Proche ? Lointain ?

— Très lointain, et très beau, comme si ces sons accompagnaient mes voix intérieures, le battement même de mon cœur !

Cette confession l'avait épuisé, mais il ne voulait pas abandonner. Il leva ses yeux vers moi et secoua la tête.

— Et c'est là que s'est produit le plus épouvantable. Hors de moi, j'ai couru chez Christine. Là, j'ai tambouriné à la porte de la vieille dame chez qui elle vit. Lorsque enfin elle a ouvert, je lui ai jeté sa trahison au visage, je lui ai appris que j'avais tout entendu et j'ai exigé qu'elle me livre le nom de mon rival. À ces mots, elle est devenue livide, monsieur, et elle s'est presque évanouie dans mes bras. Mais très vite, elle est entrée dans une violente colère. Jamais je n'aurais cru qu'elle pût se mettre dans un état pareil. Elle, si bonne, si pure…

Il s'interrompit comme s'il avait besoin de rassembler ses forces pour achever son récit.

— Nous avons eu une scène terrible. Elle m'a accusé de m'occuper d'affaires qui ne me concernent pas, dit-il en plaquant sa main devant sa bouche dans un geste enfantin. Lorsque je suis arrivé chez moi le lendemain matin, un billet m'attendait – un billet d'elle : « Si vous m'aimez, disait-il, ne cherchez pas à me revoir. » Seigneur Dieu !

De nouvelles larmes jaillirent de ses yeux et il s'effondra sur la table, la tête enfouie dans ses bras, indifférent à l'image qu'il pouvait donner de lui aux autres consommateurs. En réalité, il semblait bien que dans peu de temps il serait parfaitement indifférent à tout. Je jetai un rapide coup d'œil autour de moi et compris que j'allais devoir le ramener chez lui. Je trouvai une carte de visite dans le gousset de son gilet, payai la note et demandai à un garçon de m'aider à le hisser dans un fiacre. L'homme s'exécuta sans la moindre remarque, à l'évidence accoutumé depuis longtemps à de tels sauvetages.

— 36 avenue Kléber !

Je restai songeur pendant le court trajet. Sa tête ballottant sur mon épaule, le jeune homme devait naviguer quelque part entre le sommeil et l'inconscience. J'étais confronté à une sacrée énigme, Watson ! Le rossignol, apparemment, avait un répétiteur, un organiste chantant et invisible ! Comment s'y prendre ? Je n'avais jamais été aussi embarrassé. Une nouvelle fois mon instinct me soufflait de me rendre à la morgue le soir même et d'examiner le corps de Buquet ; mais sous quel prétexte m'y présenter ? Je n'avais aucun de mes artifices, pas de perruque, ni faux nez ni faux papiers pour justifier mes activités, et, pour tout dire, pas même une enquête qu'on m'aurait confiée. Qui était mon client ? Une femme que je n'avais jamais vue ? Où étaient mes honoraires ? Y avait-il seulement eu un crime ?

De cela, au moins, j'avais de grandes raisons d'être certain. Sinon comment aurait disparu le reste de la corde de Buquet ? Comme je souhaitais que vous fussiez là, mon vieil ami ! Vous n'êtes pas brillant, Watson, je l'ai souvent noté, mais vous savez conduire la lumière. Devant qui allais-je déployer mes théories ? Votre rassurante présence me manquait cruellement. Vous avez le chic, mon garçon, pour poser toujours la bonne question, pour dire la chose juste de la façon adéquate. Tandis que là, il n'y avait personne d'autre que moi-même pour faire écho à mes pensées.

À propos de la corde volatilisée, un fait semblait évident : quelqu'un avait dépendu le malheureux Buquet avant de décamper en la subtilisant. Le seul problème était : pourquoi ? Qu'est-ce que cela changeait que ce pauvre Buquet restât pendu ou non ?

Mon cerveau fatigué ne pouvait s'en tenir qu'à une seule réponse : pour informer le monde que sa mort n'était pas un suicide. Et si ce n'était pas un suicide, alors c'était un meurtre.

Et pourquoi aurait-on assassiné le chef-machiniste ? me semble-t-il vous entendre dire. Élémentaire, mon cher ami : parce qu'il était amoureux de Christine Daaé.

Le fiacre s'arrêta devant une imposante demeure et, avec l'assistance du cocher, je parvins à accoter le petit vicomte à l'une des colonnes corinthiennes du portail tandis que je tirais la sonnette. Après un moment, la lumière se fit dans l'entrée et la porte s'ouvrit sur une réplique plus haute, plus large, plus âgée et moustachue du vicomte.

Le comte de Chagny jeta sur son frère puis sur moi un regard glacé.

— Il est tard, remarqua-t-il.

— Votre frère a beaucoup trop bu, répondis-je avant d'ajouter, pour adoucir le propos : Il a vécu un douloureux moment.

Le comte hésita assez longuement avant de prendre une décision brutale.

— Henri ! appela-t-il à l'adresse d'un vieux serviteur qui aida le vicomte à entrer, tandis que lui-même restait planté là comme pour me barrer la route. Merci.

— Le vicomte est amoureux de Mlle Daaé, hasardai-je.

— Ça lui passera, affirma-t-il avant de me claquer la porte au nez.

6

Mon pseudonyme

MM. Debienne et Poligny quittaient les lieux. Leur bureau, lorsque je leur rendis visite le lendemain matin, ressemblait à un champ de bataille au cœur duquel les deux directeurs sortants classaient des fiches d'un air sinistre, éliminaient des dossiers, se partageaient des souvenirs et donnaient des ordres pour l'enlèvement des meubles à une petite armée de déménageurs qui n'arrêtaient pas d'entrer et de sortir en transportant toutes sortes d'objets. Dans la confusion, ils ne semblèrent rien voir d'insolite dans mon intrusion.

Au-delà des vitres crasseuses des fenêtres, trois étages plus bas, les pelles mécaniques et les pioches travaillaient dans la rue Scribe et augmentaient la cacophonie qui régnait à l'intérieur.

— La fin d'une époque !

— L'époque Poligny-Debienne, observa Poligny.

— L'époque Debienne-Poligny, corrigea son alter ego, ponctuant cet amendement d'un soupir tragique.

— Je souhaiterais parler à Mlle Christine Daaé, les interrompis-je.

— Pas là, dit Poligny, consultant une pile de documents avant de les tendre à Debienne qui, après un bref coup d'œil, les lui rendit.

— Nous avons fait un assez bon travail, décréta Debienne en contemplant une affiche sur le mur.
— Du très bon travail.
— Où pourrais-je la trouver ?
Pour la première fois, ils m'accordèrent un regard.
— Je ne saisis pas votre requête, monsieur…
— Sigerson, leur rappelai-je. Je suis, vous ne l'avez sans doute pas oublié, un ami de Mlle Adler.
— Monsieur Sigerson, dit Poligny, vous nous excuserez, mais vos relations avec Mlle Adler, aussi impressionnantes soient-elles, ne constituent pas pour autant un passe-partout.
— J'ai bien peur qu'il ne vous faille inventer autre chose, ajouta Debienne en froissant quelques feuilles avant de les jeter dans la corbeille.
— Très bien, messieurs, dis-je après une profonde inspiration, vous m'obligez à vous révéler la vérité.
— Ah, ah, fit Poligny, parfaitement indifférent.
— Je suis ici à l'instigation de Scotland Yard, leur assénai-je en prenant mon meilleur accent d'Eton.
Ils s'arrêtèrent tous deux à la seconde même pour me regarder.
— Quoi ?
— À la demande de M. Mifroid de la Préfecture de police, ajoutai-je, j'ai été introduit dans l'orchestre pour enquêter sur la mort de Joseph Buquet.
En disant cela, je formai des vœux pour que les deux hommes soient suffisamment distraits par leurs propres affaires pour ne pas se souvenir que j'avais en réalité pris mon poste avant l'assassinat de Buquet. Dans le cas contraire, je risquais de me retrouver sur la liste des suspects.
— Scotland Yard ? s'exclama Debienne, dont l'œil droit commença à s'agiter d'un tic qu'il tenta de maîtriser

du doigt. Pourquoi la Préfecture aurait-elle besoin d'un Anglais pour l'aider dans son enquête sur la mort de Buquet?

— Ils n'avaient pas besoin d'un Anglais, expliquai-je légèrement exaspéré, ils avaient besoin d'un enquêteur sachant jouer du violon.

Cette fois, ils me prêtèrent la plus grande attention.

— Leroux nous avait dit que vous étiez norvégien, se remémora soudain Poligny. Quel est votre vrai nom?

Je me suis presque étranglé en le prononçant, Watson, mais je ne disposais pas de maquillage pour me grimer, je n'avais que les ressources de mon esprit. Que Dieu me pardonne.

— Inspecteur Lestrade[1]. Pour des raisons évidentes, je n'ai aucun moyen technique de le prouver, poursuivis-je sans m'appesantir, mais je suis certain que Mlle Adler confirmera mon identité.

Les deux hommes s'effondrèrent chacun dans son fauteuil, derrière son bureau.

— Scotland Yard, répétèrent-ils.

— La Préfecture considère cette affaire comme très grave, messieurs. J'aimerais vous demander un peu d'intimité.

Poligny hésita, puis s'adressa aux déménageurs:

— Sortez, nous vous ferons appeler.

Les déménageurs haussèrent les épaules et s'en allèrent, indifférents à ce changement de programme. J'eus l'impression qu'ils envisageaient l'avenir immédiat sous la forme d'un petit apéritif.

---

1. Parmi tous les policiers de Scotland Yard, Lestrade était sans doute celui que Holmes considérait comme le plus incompétent.

— Parfait, repris-je, dès que Debienne eut refermé la porte sur le dernier d'entre eux. Que pouvez-vous me dire sur le Fantôme ?

Ils échangèrent des regards circonspects.

— Montrez-lui le contrat, ordonna Poligny à Debienne.

Avec un nouveau soupir, Debienne sortit une clé de sa poche et alla ouvrir le grand coffre-fort qui occupait un coin de la pièce. Il fouilla dans le désordre qui l'emplissait pour en tirer en fin de compte plusieurs feuillets qu'il me tendit, sa paupière se convulsant comme un sémaphore épileptique.

— Ce sont les clauses du bail de l'Opéra, expliqua-t-il en couvrant son œil de sa main. La plupart sont normalisées.

— C'est ce que je vois, dis-je en parcourant le document.

— Nous devons cependant attirer votre attention sur les trois alinéas qui font suite à la clause dix-sept.

Après une recherche rapide, je tombai sur quelques lignes distinctes du corps du contrat dactylographié, manuscrites et calligraphiées avec élégance.

— Nous avons trouvé ces additifs dans le coffre peu de temps après notre arrivée ici, précisa Poligny se soutenant la tête tout en me regardant lire d'un œil malheureux.

Puis, comme si je ne pouvais pas comprendre ce que cette remarque impliquait, il ajouta :

— C'est nous qui possédons la seule clé.

— Voici donc les conditions stipulées par le Fantôme ?

— Précisément.

Elles étaient les suivantes :

« 1. La loge cinq de la corbeille sera réservée à l'usage exclusif du Fantôme ;

« 2. le Fantôme peut de temps en temps exiger des changements de distribution pour certaines représentations. Ces changements seront effectués sans discussion ;

« 3. le Fantôme recevra le premier de chaque mois la somme de vingt mille francs en liquide. Si, pour quelque raison que ce soit, la direction devait prendre un retard supérieur à deux semaines pour le paiement de cette allocation (dont le total s'élève à deux cent quarante mille francs par an), le Fantôme décline toute responsabilité quant aux conséquences. »

Je relevai les yeux.

— Vous avez obtempéré ?

— À la lettre, répondit Debienne. Cela nous a paru plus sûr.

— Curieux qu'un fantôme exige de l'argent..., suggérai-je.

— La curiosité est un vilain défaut, répliqua Poligny.

— En tout cas, nous savons maintenant d'où viennent les trois francs que Mme Giry reçoit en pourboire, murmurai-je plus pour moi-même que pour eux. Et comment l'argent lui est-il versé ?

— Le premier de chaque mois, Mme Giry le laisse dans sa loge, dans une enveloppe. Nous justifions cette dépense par des frais d'entretien.

— Les imbéciles ! éclata soudain Debienne en passant une main dans ses cheveux clairsemés, son tic échappant maintenant à tout contrôle. Ils n'ont pas idée de ce qu'ils sont en train de faire !

— De qui parlez-vous ?

— Eh bien, de Moncharmin et Richard, les nouveaux directeurs, voyons ! cria Poligny, comme s'il s'adressait à un demeuré. Ils courent au désastre.

— Comment cela ?

Une fois encore, les deux infortunés échangèrent un regard.

— Ils ne croient pas à l'existence du Fantôme, se plaignit Debienne en épongeant son front livide. Ils sont persuadés que toute cette histoire est un bon tour qu'on nous a joué et ils ont affirmé catégoriquement qu'ils ne supporteront plus qu'il y soit fait allusion.

— Un bon tour ! lâcha Poligny en écho avec un ricanement funèbre.

— Vraiment ?

— Vraiment. Ils ont dit qu'ils ne tiendront aucun compte de l'additif du contrat. Ils ne donneront pas un sou, n'accepteront aucun changement dans les distributions et, pis que tout, ils loueront la loge cinq !

— Et dès aujourd'hui ! renchérit Poligny en hochant la tête. Ils ont l'intention de l'occuper eux-mêmes !

Et, comme s'il rapportait un véritable sacrilège :

— Ils ont renvoyé Mme Giry.

— Et par-dessus le marché, ils tiennent absolument à ce que la Sorelli chante ce soir, poursuivit Debienne, avant de lâcher dans un souffle terrifié : Mon Dieu !

— Et cela aussi c'est un défi ? demandai-je.

— Nous leur avons expliqué très clairement que le Fantôme exige que ce soit Christine Daaé qui interprète Marguerite ce soir dans *Faust*. Ils nous ont ri au nez, conclut Poligny.

Il ne m'échappait pas que les deux hommes parlaient chacun son tour.

— Comment le Fantôme a-t-il fait connaître son désir que Mlle Daaé chante ce soir ?

— Mais il nous parle.

— Directement ?

— Aussi directement que nous vous parlons en ce moment, inspecteur. Nous entendons sa voix ici même, dans le bureau.

— Il est dans l'air, s'empressa Debienne, devançant ma question suivante. Il s'exprime comme il veut et d'où il veut dans le bâtiment. Et il est au courant de tout ce qui s'y dit.

— C'est savoureux.

— Je ne vous suis pas…

— Ça n'a aucune importance, les informai-je (puisque de toute façon leur départ était imminent). À quel moment le Fantôme vous a-t-il communiqué ses intentions concernant la distribution de ce soir ?

— À dix heures ce matin, juste comme j'arrivais au bureau, répondit Poligny sans hésiter. J'ai supplié nos successeurs de lui donner satisfaction.

— Supplié au-delà du possible, confirma l'autre.

— Messieurs, je dois réitérer ma première requête, dis-je en me levant.

Deux paires d'yeux, également privées de toute expression, se posèrent sur moi et je dus répéter ma question :

— Où puis-je trouver Mlle Daaé ?

— Elle vit avec sa grand-mère infirme.

— J'avais compris qu'elle était orpheline.

— Ce n'est pas sa vraie grand-mère, mais une veuve âgée qu'elle gratifie de ce titre et qui loue des chambres rue Gaspard. Elle se fait appeler Mère Valerius, je crois.

— Merci.

Je me dirigeai vers la porte où ils me virent marquer un temps.

— Oui ?

— Une simple curiosité. Que deviennent les directeurs d'un endroit comme celui-ci quand leur contrat se termine ?

Ils échangèrent un de ces regards dont ils avaient le secret.

— Monsieur, m'expliqua Debienne en se dressant de toute sa taille, vous avez l'honneur de parler aux nouveaux directeurs de l'Opéra Tabor de Leadville, dans le Colorado.

— Excusez-moi, messieurs, d'avoir abusé de votre précieux temps.

7

L'ange gardien

Vous vous souvenez, Watson, que dans cette horrible affaire de Dartmoor que vous vous êtes plu à décrire et à publier sous le titre *Le Chien des Baskerville*, j'avais su dès le début que nous n'avions pas affaire à un chien surnaturel. Partant du fait qu'une chaussure bien réelle avait été dérobée à Sir Henry Baskerville à l'hôtel Northumberland, je n'avais plus eu le moindre doute. Aucun spectre de chien n'aurait eu besoin d'une odeur véritable pour débusquer sa proie.

Et aucun fantôme n'avait besoin de vingt mille francs par mois. J'avais maintenant la ferme conviction que le prétendu fantôme et le meurtrier de Buquet n'était qu'une seule et même personne, très probablement un employé de l'Opéra parfaitement renseigné sur tous ses secrets. Il était tombé passionnément amoureux de Mlle Daaé, sentiment qui semblait devoir être fatal à tous ses rivaux. Aussi me parut-il prudent, avant que la situation ne s'envenime, d'interroger la jeune femme dont on m'avait confié la garde. Il me fallait découvrir ce qu'elle connaissait de son soupirant invisible, dans l'espoir que ses révélations m'aideraient à mettre la main sur lui avant qu'il ne cause d'autres dégâts.

Le logement de Mère Valerius, rue Gaspard, était simple mais bien tenu. Il y avait une bonne, mais ce fut l'objet de ma curiosité en personne qui vint m'ouvrir. Elle portait une adorable robe d'intérieur bleu sombre avec des parements blancs aux poignets et au cou. De près, Christine Daaé était encore plus jolie que l'idée que je m'étais faite d'elle depuis le parterre durant la représentation du *Prophète*. Ses cheveux d'un blond ardent étaient pour l'heure tressés et encadraient un visage en forme de cœur au front serein et aux larges yeux gris qui brillaient de toute la vivacité de ses dix-huit ans. Elle avait un petit nez droit, un menton fort sans être obstiné et son teint possédait l'éclat de la jeunesse que rehaussait encore le rose de ses lèvres. Je dirais que c'était le genre de créature qui devait beaucoup vous attirer, Watson, à votre grande époque. Je savais qu'elle ne manquait pas d'admirateurs, et en la voyant ainsi devant moi, je compris aussitôt à quelles extrémités sa beauté pouvait les pousser.

— Monsieur Sigerson, entrez, je vous en prie.

Ma présence ne semblait pas l'étonner le moins du monde. Quand je lui demandai pourquoi, elle sourit :

— Mais Irene m'a longuement parlé de vous ! Elle m'a dit que je pouvais avoir confiance en vous comme en elle-même et je crois tout ce qu'elle me dit. Elle avait une sorte de prémonition que vous me rendriez visite.

Sans remarquer mon soupir de soulagement et de gratitude envers la prévoyante Mlle Adler, la jeune femme s'était déjà retournée pour me présenter son chaperon, la chaleureuse Mère Valerius qui trônait sur un lit à baldaquin et m'accueillit gaiement.

— Servez donc du thé à M. Sigerson, chérie.

— Tout de suite, grand-maman.

Elle quitta la pièce avant que j'aie pu la retenir.

— C'est une bonne fille, dit la vieille dame en désignant la porte.

— Comment l'avez-vous connue ? demandai-je.

— Son père, le pauvre homme, a été mon locataire jusqu'au jour où il a été rappelé.

— Rappelé ?

Elle leva les yeux au ciel.

— Un homme adorable, un véritable saint, et comme il chérissait son enfant !

— On m'a dit que c'est lui seul qui lui a enseigné la musique.

— Et comme vous avez pu en juger, monsieur, elle n'a besoin de personne d'autre.

Bientôt, la jeune fille revint avec un plateau soigneusement préparé.

— Conduisez votre visiteur au salon, ma chérie, lui recommanda Mère Valerius. Vous n'êtes pas là pour me divertir.

Christine protesta mais finit par céder à la pression douce mais ferme de la vieille dame.

— Oui, Irene m'a dit que vous viendriez, répéta-t-elle en emplissant ma tasse avant de me la tendre. Comme c'est gentil à elle de m'envoyer un protecteur, car elle sait qu'elle doit bientôt partir pour Amsterdam.

Puis elle ajouta, avec un sourire malicieux :

— J'ai pensé que vous pourriez devenir mon deuxième ange gardien.

— Le deuxième ? Considérez-vous Mlle Adler comme le premier ?

— Oh ! non, répliqua-t-elle en pouffant presque. J'adore Mlle Adler, et elle est tout ce qu'on voudra, mais certainement pas un ange.

J'étais bien d'accord avec elle et j'aurais eu maintes précisions à apporter sur ce sujet, mais je préférai en revenir au fait.

— Que pouvez-vous me dire à propos du Fantôme de l'Opéra ?

À ma grande surprise, elle éclata franchement de rire.

— Il n'y a pas de Fantôme de l'Opéra !

— Non ? Mais…

— C'est lui, mon premier ange gardien !

Elle ne m'aurait pas plus stupéfié en s'envolant, et c'est d'ailleurs ce que, dans son excitation, elle semblait sur le point de faire.

— Le Fantôme ne serait pas un fantôme, mais un ange ?

— Je vais vous raconter, dit-elle très simplement, mais avec une expression d'extase qui me mit légèrement mal à l'aise. J'ai une envie folle de vous raconter ! Quand mon père m'apprenait le chant, il me parlait souvent de l'Ange de la Musique.

— L'Ange de la Musique ?

— Mon père était un homme très religieux, monsieur, et il m'a élevée dans l'amour des saints ! Quand il écoutait ma voix, il disait qu'elle était si merveilleuse que si je continuais mes études et travaillais très dur, peut-être qu'un jour je recevrais la visite de l'Ange de la Musique, dont l'inspiration compléterait mon éducation. Hélas, il n'a pas vécu assez longtemps pour voir ce jour.

Elle laissa échapper un soupir. Sous le prétexte d'avaler un peu de thé, je l'examinai attentivement. Elle n'avait pas une once de ruse sur le visage, ni la moindre ombre de duplicité dans ses clairs yeux gris. Au contraire, je commençais à comprendre ce que Irene Adler avait voulu dire en prononçant à son sujet le mot « simplette ». Le crucifix au mur et toute son attitude indiquaient assez que l'idée même de calcul n'était pas à sa portée.

— Et l'ange s'est enfin manifesté ?

Elle approuva avec enthousiasme, exaltée par la perspective de partager son secret.

— Dans ma loge, il y a trois mois ! Oh ! il chante mieux que tout ce qu'on peut imaginer, et c'est un excellent professeur ! ajouta-t-elle comme si c'était là la preuve définitive de son existence.

— Il vous donne des cours ?

— Tous les jours. Il est très autoritaire, mais fort doux. Quand il me fait répéter, c'est comme s'il lisait dans mon esprit ; car il devine toutes mes pensées et tous mes rêves ! Et après, quand je chante, c'est comme si un être nouveau habitait ma voix et mon âme elle-même.

Je me souvins de la remarque de Leroux sur les sautes de qualité dans le chant de Christine et l'approbation générale qui avait accueilli cette observation.

— Et lui, chante-t-il ?

— Oh ! monsieur, il a la plus belle voix du monde. Aucune autre ne peut exprimer l'ineffable désir qu'éprouve tout être humain d'être compris et d'être aimé. Et il compose, en plus ! conclut-elle en battant des mains.

— Il compose ?

— Il travaille chaque jour à son opéra et m'en parle. Il l'a intitulé *Le Triomphe de Don Juan*, et il m'a promis que lorsqu'il l'aurait terminé, il m'emmènerait pour me le jouer.

Ses yeux brillèrent à ce projet qui me glaça le sang.

— Il compose à l'orgue ?

— Comment avez-vous deviné ?

— Simple hypothèse, je vous assure… Je suppose que l'ange n'appréciait pas beaucoup Joseph Buquet.

J'avais lancé cette phrase négligemment et elle approuva en baissant la tête.

— Mais il ne lui a pas fait de mal, protesta-t-elle bientôt avec véhémence. C'est Raoul qui a chassé ce pauvre Joseph.

Puis, après réflexion, elle tint à corriger :

— Tout de même, il est très jaloux.
— Le vicomte ?
— Mon Ange.
— Jaloux de vous ?
— Il veut que je me garde.
— Pour lui ?
— Pour ma musique, se rebella-t-elle.

Il était clair que personne n'avait mentionné devant elle le morceau de corde manquant.

— Comment décririez-vous Buquet lors de l'altercation avec le vicomte ? demandai-je.

Elle se rongea un ongle pour se concentrer avant de déclarer :

— Il était bouleversé.
— Pouvez-vous être plus précise. Était-il effrayé ? En colère ?
— Très en colère.
— Quand il a quitté votre loge, vous a-t-il donné l'impression d'un homme prêt à en finir avec la vie ?

Je me rendis compte que cette idée la dépassait un peu.

— Tout est arrivé si vite, monsieur.

Voyant que cette piste ne menait à rien, je décidai de faire machine arrière.

— J'imagine que le Fantôme n'éprouve aucune sympathie non plus pour le pauvre vicomte de Chagny.

À ces mots, elle porta involontairement sa main à sa gorge.

— Pour l'amour de Dieu, monsieur, il faut empêcher Raoul de me revoir !

— Pourquoi ?

— Parce que… Je vous l'ai dit… Mon Ange désire… Il exige que je garde ma voix pour mon art.

— Êtes-vous vraiment certaine que c'est tout ce qu'il veut que vous gardiez ?

Elle me présenta un visage absent auquel succéda une mine soucieuse.

— Il ne faut pas que je le mette en colère, dit-elle très vite, sinon il me prendra ma voix !

— Ridicule.

— Et il pourrait se venger sur Raoul.

— D'ordinaire, les anges ne s'attaquent pas aux gens, ne me privai-je pas de lui faire remarquer.

— Vous n'avez jamais entendu parler des Anges vengeurs ? répliqua-t-elle en saisissant ma main pour la presser nerveusement entre les siennes. Je vous en prie, veillez à ce qu'il m'évite !

Puis elle baissa la voix et, jetant un coup d'œil inquiet dans la pièce comme si elle redoutait d'être surprise, elle ajouta :

— Je l'aime, mais il faut qu'il m'évite !

— Ce jeune homme est amoureux de vous. Comment voulez-vous qu'il comprenne que…

— Je vous en prie ! insista-t-elle, désormais prise de panique. Je vous en supplie !

— Et ne craignez-vous rien pour vous-même de la part de l'ange vengeur ?

Elle me regarda avec étonnement, cligna des yeux puis se désigna de l'index.

— Moi ? Oh ! jamais il ne me ferait de mal… Pour rien au monde ! Il m'aime !

Voyant dans quelle agitation elle se trouvait, je préférai changer de sujet. Je lui tapotai la main et dégageai doucement mon poignet de son étreinte, puis avalai une gorgée de thé.

— On m'a dit qu'on donnait *Faust*, ce soir.

— Oui, *Faust*.

— Êtes-vous déçue de ne pas chanter Marguerite ?

— Oh ! mais je vais le chanter.

— Pourtant j'ai vu que Carlotta Sorelli était à l'affiche.

Elle se mit à rire. Un rire ardent, enfantin. Et elle me secoua par la manche pour m'inviter à partager son allégresse.

— Je sais bien qu'elle est annoncée, mais il agit toujours ainsi ! Ça lui plaît de jouer avec moi et de me provoquer ! Il m'a promis que je chanterai ce soir et je lui ai toujours fait confiance. Il m'a juré que mon interprétation sera un triomphe à tout casser. Et quand il promet quelque chose, je peux y compter.

C'est cet instant que la pendule posée sur la cheminée choisit pour émettre trois coups discrets.

— Mon Dieu ! s'exclama-t-elle, il faut que je fasse ma sieste. L'Ange tient absolument à ce que je me repose avant toute représentation. Vous voudrez bien m'excuser ?

— Bien sûr.

C'était aussi bien car cette absurde conversation ne me menait nulle part. Il me paraissait évident que la santé mentale de la jeune fille était extrêmement fragile, et certaine expérience récente m'avait appris qu'il convenait de ménager les mécanismes et les ressorts d'un être humain aussi fruste.

Je me levai et pris congé, la priant de transmettre mes salutations à Mère Valerius.

— Oh! je n'y manquerai pas, et je remercierai Mlle Adler de vous avoir envoyé. Je me sens parfaitement tranquille et tout ira bien!

Et se hissant sur la pointe des pieds, elle déposa un chaste baiser sur ma joue.

— Une dernière question, si vous me permettez, mademoiselle.

Elle s'arrêta, souriante, sur le pas de la porte.

— Est-ce que... Est-ce que votre ange a un nom?
— Mais bien sûr. Il s'appelle Nobody.
— Nobody?

Il me fut impossible d'éliminer toute surprise de ma réaction, et je la vis sursauter.

— Quelque chose ne va pas? demanda-t-elle.
— Pas du tout. Parlez-vous anglais, mademoiselle?
— Pas un mot. Pourquoi?
— Simple curiosité. Bonne journée.

8

Deuxième sang

De retour de la rue Gaspard, mon cher Watson, replongé dans la circulation, assailli par les bruits de Paris et les sabots des chevaux claquant de toutes parts, j'eus conscience qu'il se posait là un très sérieux problème, un problème grand format, or je ne disposais pas d'un délai grand format pour le résoudre. Dans moins de six heures, le rideau se lèverait sur *Faust*.

Voyez dans quel marécage je pataugeais. Je n'espérais pas que MM. Moncharmin et Richard renonçassent à faire fi des trois clauses du Fantôme.

Je suspectais très fortement le Fantôme, ou l'Ange, ou Nobody, ou quelque nom qu'on lui attribue, d'être responsable de la mort de Joseph Buquet.

Je savais également que ce Nobody avait juré à Christine Daaé qu'elle chanterait ce soir.

Cette pauvre Christine, crédule, tourmentée, docile, sincère, qui ne pouvait pas plus imaginer le mal que se croire capable de chanter faux, victime d'un criminel qui jouait avec sa candeur et vampirisait son innocence. Et cet individu, Watson, la considérait comme sa propriété privée, instaurant un nouveau *droit du seigneur*[1].

---

1. En français dans le texte.

Tous ces éléments convergeaient de toute évidence vers quelque méfait et pourtant, plus j'étudiais la situation, plus je me sentais impuissant.

Comment empêcher à moi seul les événements de prendre le tour décidé par le Fantôme ?

Et si je ne pouvais pas réussir seul, ce qui semblait probable, que faire de mes soupçons et qui appeler à l'aide ?

Allez à la police, vous entends-je me conseiller. Brave vieux Watson, vous choisissez toujours le chemin le plus droit ! Aller à la police et leur raconter quoi ? Que je suspecte ? Que je sens ? Que je redoute ? Je n'avais pas la moindre trace de preuve, mon garçon, et ma conviction qu'un désastre était imminent n'était fondée que sur des vétilles. De ces vétilles dont, vous le savez, je fais mon terreau pour forger ma chaîne logique, mais qui en elles-mêmes ne constituent rien de décisif. Tout autre, fût-il aussi médiocre que Lestrade, aussi brillant que Hopkins, aurait abandonné sur-le-champ[1].

Et puis, qui aurait accepté de m'écouter, moi, un simple violoniste ?

Dites-leur donc qui vous êtes ! vous exclamez-vous. Renoncez à votre incognito !

Soyez certain que j'envisageai de dévoiler ma véritable identité, Watson. Des vies humaines étaient peut-être en jeu et mes motivations égoïstes pesaient de peu de poids face à cela. Mais je me rendis vite compte

---

[1]. Nous supposons que Holmes fait ici référence à l'inspecteur Stanley Hopkins de Scotland Yard, dont il ne fit la connaissance qu'en 1895. Cependant, relatant ces événements en 1912, Holmes cite sans doute Hopkins comme un exemple de ce que le Yard a offert de meilleur.

qu'une telle révélation aggraverait les choses au lieu de les améliorer. Il y avait même un risque que je me retrouve incarcéré à un moment où la liberté m'aurait été des plus précieuses. En un mot, comment pouvais-je prétendre que j'étais Sherlock Holmes alors que le monde entier, y compris la presse parisienne, l'avait déclaré mort ? Une telle revendication ne jetterait-elle pas le doute sur tout ce que je voulais divulguer à la police ? Sur ma santé mentale elle-même ? N'allait-on pas m'arrêter et m'enfermer comme fauteur de trouble ?

Non, la police, il n'en était pas question. Et même s'ils m'avaient cru, quel aurait été le résultat ? Des centaines de policiers se seraient répandus dans l'Opéra, bouleversant le public. L'événement aurait alerté mon adversaire qui aurait aussitôt entièrement révisé ses plans. À la suite de quoi la police m'aurait pris pour un fou, me plaçant une fois de plus sur la sellette.

Je jugeai plus habile de contacter Moncharmin et Richard, et de tenter de les faire revenir sur leur décision avant qu'ils aient à le regretter.

Mais là non plus les difficultés ne manquaient pas.

Je savais que ces deux messieurs participaient à un déjeuner officiel pour fêter le début de leur administration, et j'étais moi-même attendu à deux heures de l'après-midi pour une répétition exceptionnelle. J'aurais trop compromis ma situation en n'y assistant pas. Pour le moment, un renvoi de l'Opéra était sans doute le pire qui pût m'arriver. Mon seul recours était d'aborder les nouveaux directeurs entre la fin de la répétition et le début de la représentation du soir, ce qui paraissait un peu hasardeux à mon goût, mais semblait la seule solution. En attendant, je résolus de rendre visite au vicomte pour lui transmettre l'avertissement de

Christine Daaé. Je n'étais pas certain que mon mandat de protecteur de cette demoiselle impliquât que je joue les Cupidon entre elle et son amoureux, mais du moins pouvais-je espérer qu'il m'écouterait. Je n'avais pas envie de le voir finir comme Joseph Buquet.

Avenue Kléber, Henri, le domestique, vint m'ouvrir et s'employa à m'évincer.

— J'ai des ordres très stricts pour ne laisser entrer personne, dit-il fermement.

Il entreprit de me claquer la porte au nez, comme son maître. Mais cette fois, mon pied contraria la manœuvre.

— Il est de la plus grande importance que je parle au vicomte immédiatement, lui dis-je. Si vous m'en empêchez, je n'aurai d'autre choix que de faire un scandale.

Comme je l'ai déjà noté, Henri n'était plus très jeune et ma menace, ainsi que la détermination avec laquelle je l'avais formulée, eurent raison de son sens du devoir.

Je trouvai les frères Chagny dans la bibliothèque qui me parut surchargée de volumes à usage décoratif. Le vicomte soignait sa migraine à coup de café noir, ce qui ne me surprit pas. À l'évidence, il venait de se lever. Je compris que le comte était au milieu d'un sermon et je le vis froncer les sourcils à mon approche.

— J'espère que vous me pardonnerez cette intrusion, commençai-je, et que vous n'en tiendrez pas rigueur à votre domestique qui m'a laissé passer par peur d'un esclandre.

— Qui êtes-vous et que voulez-vous ? s'indigna le comte sur un ton supérieur.

Dans une autre situation, Watson, j'aurais pris un grand plaisir à lui enseigner les bonnes manières mais, pour l'heure, je collai à ma mission.

— Je suis un ami de votre frère et je lui apporte un message de Mlle Daaé.

À ces mots, le petit vicomte leva les yeux et une lueur d'espoir éclaira ses traits bouffis, mais le comte, tout à sa colère, parla le premier.

— Le vicomte n'a pas l'intention de renouer avec la personne en question, m'informa-t-il du même ton condescendant. Nous allons sous peu quitter la ville pour aller chasser sur nos terres de Normandie.

— Philippe…, protesta faiblement le jeune homme, mais la main de l'autre se posa lourdement sur son épaule et il n'ajouta rien.

— Je suis ici pour vous transmettre très exactement les paroles de Christine, dis-je, m'adressant directement au vicomte comme si son frère n'existait pas. Elle jure qu'elle vous aime…

— Cela suffit ! gronda le comte en avançant sur moi, menaçant.

C'était un gros gabarit et la perspective de le rosser me fit venir l'eau à la bouche[1].

— Elle m'aime ! dit en écho le jeunot en se mettant péniblement sur pied.

— … mais il serait préférable pour vous de ne pas la voir pour le moment, enchaînai-je sans me départir de mon calme, jusqu'à ce que cette affaire soit terminée.

Puis je me tournai vers le comte :

— Soyez tranquille, je m'en vais.

Le petit vicomte conserva son équilibre instable et esquissa un faible salut derrière le dos de son frère.

---

1. Les talents de boxeur, escrimeur, virtuose de la canne et expert en baritsu de Holmes sont trop connus pour que nous ayons besoin d'y revenir ici.

À peine étais-je assis que la répétition commença. Ce qu'il y a d'étonnant dans l'opéra, c'est le nombre de changements de distribution qu'on y pratique, et la plupart du temps au pied levé. L'appareil vocal d'un chanteur est une mécanique si fragile que le plus petit incident suffit à la détraquer. J'ai un jour assisté à une représentation de *La Bohème* à Covent Garden où chaque membre du quatuor fut successivement remplacé, si bien qu'à la fin de la pièce il ne restait plus un seul chanteur du début. Rodolpho eut une indisposition à la fin du premier acte ; Musetta, à la fin du deuxième ; Mimi s'effondra au cours du troisième et Marcello dut abandonner durant le quatrième. Lors du finale, quatre parfaits étrangers se jurèrent une passion éternelle.

La répétition avait pour but de permettre à Gerhardt Huxtable, remplaçant de Jean de Rezske (surchargé de travail, il devait chanter *Faust* le soir), d'apprendre le rôle de Don José pour notre *Carmen*. Irene Adler, qui jouait toujours le rôle-titre, avait accepté d'être présente pour aider Huxtable et lui indiquer les déplacements.

Je dois reconnaître que cet après-midi-là je n'eus pas l'âme très musicale. Quant aux plaintes du chœur qui refusait de fumer au premier acte, elles n'étaient pas nouvelles.

J'étais trop impatient de parler aux directeurs et de fourbir mes arguments, avant que ne se produise un autre accident, pour prêter une grande attention à l'acte II. Comme je l'ai dit, le temps jouait contre moi. À la fin de l'acte III, au moment où le puissant Huxtable entame sa bataille au couteau avec le matador Escamillo, qui lui dispute le cœur de Carmen, je me pris à songer au Fantôme – à Nobody, comme Christine Daaé l'avait appelé – et à ses petites manies. Son penchant pour la jolie soprano avait atteint de telles proportions que quiconque rechercherait ses faveurs – ou sa simple amitié – serait en danger. Nous en avions vu un exemple avec le pauvre Buquet, et la fille elle-même semblait terriblement inquiète pour son jeune amoureux.

Le quatrième acte était déjà bien engagé, quand une autre pensée me frappa : Irene Adler avait adopté Christine Daaé – elle l'avait prise sous son aile et sans s'en cacher. En réalité, je m'en rendais bien compte maintenant, Irene Adler avait fait beaucoup plus : elle s'était immiscée dans les affaires de sa protégée au point d'engager les services d'un détective. Mon esprit avait beau écarter l'idée que le Fantôme était omniscient, je ne pus soudain m'empêcher de me demander si sa jalousie se limitait au sexe masculin. Si, comme je le craignais, ses moyens intellectuels lui interdisaient de telles distinctions, alors Mlle Adler était elle-même en péril – et d'autant plus en ce moment où elle empiétait sur les terres de la créature.

Tandis que Carmen affichait son éternel dédain pour Don José déchu (le redoutable et énergique Huxtable, qui avait réellement le physique de sa psychologie et se vautrait dans sa virilité humiliée) et que, hors de scène, le chœur acclamait Escamillo, je vis mentalement défiler toutes les possibilités. Hormis l'apparent suicide de Buquet, le répertoire habituel du Fantôme se composait plutôt de farces ou d'accidents.

Bizet, non sans une certaine ironie, avait décidé que le finale de son opéra montrerait un meurtre réel à l'extérieur d'une arène, sous les yeux d'un vrai public, pendant que simultanément « à l'intérieur » de l'arène (c'est-à-dire « à l'extérieur » de la scène), un invisible matador (il inventa le mot « toréador » parce qu'il avait besoin d'une syllabe supplémentaire) mettait à mort un invisible taureau devant une foule invisible. C'était bien là une situation propre à flatter le goût de Nobody pour le sensationnel et le bizarre. Au-dessus de moi, la querelle entre Carmen et José s'envenimait. Sous peu, maintenant, José allait tirer son couteau et l'éventrer comme un poisson, terminant l'opéra en criant son nom.

Le couteau !

En un éclair, j'avais quitté ma chaise, franchi la porte de la fosse, escaladé l'échelle et foncé vers le plateau. Je ne pris pas le temps de regarder autour de moi, mais seulement celui de surgir des coulisses et de me jeter sur Mlle Adler, interposant mon corps entre le sien et le couteau meurtrier du ténor. Et c'est à la consternation générale que nous roulâmes sur le sol.

— Sherlock !

Pouvez-vous imaginer l'effet produit par mon nom sortant de ses lèvres, Watson ! Un frisson me traversa comme un courant électrique tandis que je la bâillonnais de la main pour la faire taire.

— Est-ce que ça va ? Par Jupiter, dites-moi que vous n'êtes pas blessée ! m'écriai-je, en scrutant son visage de cire.

Le couteau était un accessoire spécialement conçu pour le théâtre, dont la lame s'escamote dans le manche à la plus petite résistance, comme celle de la peau. La victime, se saisissant du manche et le tenant serré contre elle, donnait ainsi l'illusion qu'elle était poignardée. Lorsqu'elle-même ou un autre acteur « retirait » habilement l'arme, la lame, actionnée par un ressort intérieur, se remettait en place et le couteau semblait alors « extrait » de la blessure.

Dans le cas présent, pourtant, la lame s'était inexplicablement coincée, refusant de disparaître dans son fourreau secret. Mlle Adler avait été égratignée par la pointe, mais, grâce à mon extravagante intervention, il n'y avait rien de sérieux.

— Il a très bien marché pendant la bataille de l'acte III, fit remarquer Escamillo.

— Je jure, monsieur Mercier, s'exclama l'accessoiriste, que personne ne s'est approché de ma table d'accessoires, personne !

— Mais non, Léonard. C'était un accident, déclara Mercier, le chef de plateau, en faisant jouer la lame pour la débloquer.

— Qu'a-t-elle crié ? s'étonna quelqu'un, on aurait dit…

— Elle a demandé un verre d'eau, lançai-je précipitamment.

L'eau fut bientôt là. J'eus un peu de mal à aider Mlle Adler à s'asseoir. Elle était mortellement pâle, et je lisais sur son visage une angoisse dont je ne la croyais pas capable.

— Tâchez d'avaler ceci, lui proposai-je doucement.

— Vous m'avez sauvé la vie, me dit-elle après avoir bu et respiré plusieurs fois profondément.

— Si c'est exact, je viens de justifier ma propre existence.

Elle me fit la grâce du plus bref des regards avant d'accepter mon bras pour se lever. Je m'aperçus soudain que j'étais l'objet de quelque curiosité. Cependant, au moment où la situation allait me plonger dans la gêne, l'attention fut détournée par le malaise inattendu du très héroïque Gerhardt Huxtable qui venait de perdre connaissance à la vue de l'égratignure de Mlle Adler.

Leroux se manifesta depuis la fosse et lança quelques mots qui semblaient vouloir mettre un terme à la répétition.

— Comment avez-vous su que quelque chose clochait dans ce couteau ? interrogea Béla tandis que nous rangions nos instruments.

— Une sorte de sixième sens, Béla.

— Mais…, commença Ponelle.

— Je vous prie de m'excuser, l'interrompis-je, mais je suis déjà en retard pour un rendez-vous urgent.

Il était près de six heures lorsque je fus enfin introduit auprès des nouveaux directeurs de l'Opéra. Moncharmin, disons-le tout de suite, avait l'air d'un directeur, grand, pourvu d'élégants favoris et d'une impériale dûment cirée du même ton ivoire, en provocante mémoire du défunt empereur. Il ignorait tout de la musique et était incapable de distinguer un *do* d'un *sol*. Ponelle avait convenablement rendu justice aux directeurs d'Opéras en les traitant d'imbéciles. Richard, en revanche, ressemblait au comptable qu'il était sans doute, mais affichait une certaine connaissance du répertoire.

Les bureaux des nouveaux directeurs ne le cédaient en rien à ceux de leurs prédécesseurs sur le chapitre du désordre. Les deux messieurs, déjà en tenue de soirée, animaient avec énergie une troupe de secrétaires survoltés afin d'organiser la distribution des billets d'entrée au Bal masqué de l'Opéra, événement annuel de la plus grande importance sociale dans la capitale, et qui devait avoir lieu deux jours plus tard.

— Les cartons d'invitation ne sont pas encore tous envoyés ! s'indignait Moncharmin.

— Ce n'est pas plus mal, rétorquait Richard, agressif, quand on voit à qui certains sont adressés !

Et il s'en prit alors à Debienne et Poligny qui, selon lui, devaient être fous.

— Celui-ci est pour le banquier de Reinach, dit-il enfin en brandissant une enveloppe comme si elle contenait quelque maladie.

— Qu'avez-vous contre de Reinach ? demanda Moncharmin en triant une autre pile d'enveloppes. Il a énormément d'argent.

— Vous ne lisez donc pas les journaux ? Il est impliqué dans l'affaire du canal de Panama[1].

À ces mots, Moncharmin se cabra.

— Vous en êtes sûr ? Alors rayez-le.

— Messieurs, intervins-je en toussotant pour leur rappeler ma présence.

— Oh ! oui, qu'y a-t-il, Sigerson ?

— Je suis venu vous donner un avertissement. De la part du Fantôme, ajoutai-je en espérant gagner leur attention.

— Ah ! non, ça suffit. Mon cher ami, nous avons déjà été avertis. En réalité, nous avons même une indigestion d'avertissements.

Devant ma mine dubitative, Richard haussa les épaules et me montra une note écrite d'une main familière sur un papier non moins familier. On pouvait y lire :

« Ainsi, vous avez l'intention de briser les termes de notre contrat ! Tenez-vous pour prévenus, car je ne ferai pas de quartier. »

---

[1]. Le baron Jacques de Reinach fut l'un des premiers commanditaires du projet du Français Ferdinand de Lesseps consistant à construire un canal dans l'isthme de Panama. Le montage aboutit dix ans plus tard au plus gros scandale financier du XIXe siècle. De Reinach devait par la suite se suicider.

Il n'y avait pas de signature.

— Nous l'avons trouvé au bureau ce matin, précisa Richard.

— C'est la même écriture et le même papier que l'additif du contrat, fis-je remarquer.

— Si vous voulez, concéda Moncharmin.

— Et que cela vous suggère-t-il?

— Seulement que nous continuons à être victimes d'une mauvaise plaisanterie qui n'a que trop duré, décréta Richard froidement.

— Messieurs, il n'y a pas de plaisanterie et il n'y a pas de Fantôme, commençai-je.

Après quoi je leur conseillai énergiquement de ne pas se moquer de l'additif. Ils m'écoutèrent, dans un silence contraint, leur exposer ce que je savais. Je leur dis dans les termes les plus fermes que le Fantôme, quel que soit son véritable nom, n'était pas un canular et que des vies étaient en jeu. Je les pressai de réengager Mme Giry et de renoncer à occuper la loge cinq. Et surtout, je plaidai pour qu'ils autorisent Christine Daaé à interpréter Marguerite ce soir.

— Changer la distribution? s'exclama Moncharmin, incrédule.

De tout ce que j'avais expliqué, seul ce dernier élément avait atteint son cerveau.

— De telles modifications ont lieu sans arrêt, lui rappelai-je.

— Mais pour un fantôme...!

— Ce n'est pas un fantôme mais un homme, un homme que je soupçonne d'appartenir au personnel de l'Opéra, un homme rancunier et dangereux.

Je leur relatai alors son nouveau tour et ce à quoi nous avions échappé.

— Qui avez-vous dit que vous étiez ? demanda Moncharmin, troublé.

— C'est le policier qui joue du violon, lui indiqua Richard.

Et comme Moncharmin ne semblait toujours pas comprendre :

— Vous vous souvenez, Poligny nous en a parlé. La Préfecture lui a confié l'enquête sur la mort du machiniste.

À mon grand étonnement, l'autre éclata de rire.

— Mon ami, dit-il en me posant la main sur l'épaule, vous avez parfaitement tenu votre rôle.

— Mon rôle ?

— Évidemment. Personne ne pouvait vous prendre pour un policier, tellement vous êtes bon violoniste.

Et il rit encore, ravi de son bon mot, avant d'ajouter :

— Mais maintenant, comme vous voyez, nous sommes extrêmement occupés.

Puis il se replongea dans sa tâche première, interrogeant Richard :

— Vous n'avez pas oublié le marquis de Saint-Évremont[1] ?

— Non, non, le coursier est parti.

— Je vous assure, messieurs, qu'il ne s'agit aucunement d'une farce. Un homme est déjà mort et une personne aussi importante que Mlle Irene Adler a manqué être tuée, il y a une heure, sous ce toit, par un couteau de théâtre qui ne s'est pas rétracté.

---

1. Cette famille aristocratique fut décimée presque entièrement lors de la Terreur (1793), mais survécut grâce à un rejeton qui se faisait appeler Darnay. L'un des descendants de Darnay (il avait épousé la fille d'un prisonnier de la Bastille dont il avait eu des enfants) avait donc, à l'évidence, repris le nom de la famille et son titre.

— Oui, nous avons entendu parler de cet accident, affirma Richard. Mais quelqu'un est arrivé juste à temps. Tout est bien qui finit bien, comme je dis toujours.

— Le chef-accessoiriste sera renvoyé, bien entendu, ajouta l'autre.

— Mais vous ne pouvez pas réellement croire que c'était un accident ! implorai-je. Messieurs, je vous en supplie – avant qu'il ne soit trop tard !

— Écoutez, maintenant ça suffit comme ça ! Je vous certifie que l'Opéra va cesser d'être dirigé avec la désinvolture de nos prédécesseurs, me jeta Moncharmin d'un ton amical mais sans appel. Nous apprécions votre facétieuse tentative, mon ami, mais si ce genre d'humour peut satisfaire les gens de Leadville, Colorado, il n'est pas question que nous le tolérions à Paris, France. En attendant, si vous voulez bien nous excuser, nous avons infiniment à faire avant ce soir et nous sommes certains que bien des choses vous appellent ailleurs.

— Vous refusez définitivement de prendre en compte la moindre de mes mises en garde ?

Ils échangèrent un coup d'œil chargé d'une ombre d'irritation.

— Je vous prie de remercier MM. Debienne et Poligny pour leur insistance, dit Richard en me reconduisant à la porte, mais il arrive toujours un moment où les meilleures plaisanteries doivent cesser.

— Vous êtes donc déterminés à occuper la loge cinq ce soir ?

— Tout à fait déterminés.

— Alors permettez-moi au moins de la partager avec vous.

— Quoi ?

— C'est tout à fait exclu ! s'écria Moncharmin frémissant d'indignation. Votre devoir de musicien…

— … ne tient pas en face de mes responsabilités d'officier de police, rétorquai-je, glacial. De plus, je vous propose de payer ma place.

Ils hésitèrent. Je les regardai, allant de l'un à l'autre avec l'expression la plus sympathique dont j'étais capable.

— Comme vous voudrez, Sigerson, dit Richard en haussant les épaules. Mais restez bien dans l'ombre.

— Oui, ne sortez pas de l'ombre, reprit joyeusement Moncharmin en écho. Après tout, cette soirée est la nôtre.

9

L'ange à l'œuvre

Je n'avais plus le temps désormais de me rendre auprès d'Irene Adler qui, m'avait-on dit, avait été raccompagnée à son hôtel. Je ne pus que donner un coup de téléphone. L'employé de la réception m'assura qu'il l'avait lui-même reconduite à sa suite. Il n'y avait rien de plus à faire de ce côté-là. Je devais concentrer mes efforts sur des questions plus urgentes.

Avant de revêtir mon habit de soirée, je passai voir Jérôme à l'entrée des artistes.

— Où me serait-il possible de trouver les plans de l'Opéra ?

— Le prochain groupe part dans quinze minutes, dit-il sans lever les yeux ni ôter de sa bouche sa pipe coincée entre ses trois dents restantes.

— Quel groupe ?

— Ben dame, ricana-t-il, puisque vous vous croyez à la tour Eiffel… Des plans !

Et il se replongea dans son journal. Mercier, le chef de plateau, se montra légèrement plus coopératif.

— Il n'existe pas de plans complets du bâtiment, répondit-il en haussant les épaules. Du moins rien en dessous du quatrième sous-sol, c'est-à-dire les écuries.

Chaque équipe connaît son secteur et sait ce qu'elle doit faire.

Il haussa à nouveau les épaules tout en s'acharnant à aplatir un épi au sommet de son crâne, puis reprit :

— Je pense que le mieux serait d'aller au Cadastre, rue de Varenne, mais à mon avis, c'est fermé à l'heure qu'il est. Pourquoi vous faut-il des plans ?

Je n'avais d'autre choix que de descendre sans le moindre guide dans le labyrinthe, à la recherche du Minotaure des temps modernes. À l'instar de Thésée, je me procurai une pelote de laine verte à l'atelier costumes et, parvenu au deuxième niveau, je commençai à la dévider derrière moi en enchaînant portes et couloirs.

Quel but poursuivais-je ? Je n'espérais sans doute pas débusquer la créature elle-même, mais mettais plutôt toute mon énergie à tenter de découvrir quelque indice concernant son *modus operandi* – car il était clair qu'il contrôlait tout l'édifice –, et j'étais bien décidé à m'accrocher à n'importe quel élément susceptible de le forcer à sortir de sa cachette.

Après divers tunnels interminables, je débouchai sur la rampe de terre battue utilisée par les chevaux, et je la descendis jusqu'aux écuries sans rencontrer âme qui vive. Mais, arrivé là, je trouvai les palefreniers en grande discussion.

— Qu'est-ce que vous fabriquez ici ? demanda l'un d'eux en avançant sur moi d'un air provocant.

— Ça va, c'est Sigerson, dit mon ami Jacques. Ce n'était pas lui, Dieu merci.

— Que s'est-il passé ?

Je dus poser la question plusieurs fois avant d'obtenir une réponse.

— Vous connaissez César ?

— Le magnifique hongre blanc de *Mondego* ?
— Il a été kidnappé !
— Vous plaisantez ! Quand ?
— À l'instant – disons durant les douze dernières heures. Il y a seulement quatorze chevaux dans les écuries actuellement – enfin, il y avait, je devrais dire, puisque César a disparu. Et ça va chauffer !
— Ils vont tous nous virer, oui ! prophétisa celui qui m'avait abordé le premier.
— Je suppose qu'il n'a pas pu s'échapper ?
— S'échapper où ? Il ne pouvait que monter, monsieur, et ça mène au plateau.
— Et s'il était descendu ?
Ils secouèrent la tête.
— Voyez vous-même, monsieur. Il y a une grille en fer qui est toujours fermée. Elle sépare le reste du bâtiment du lac. Personne n'a la clé, à ma connaissance. Et ça fait longtemps qu'elle n'a pas été ouverte, vous n'avez qu'à vérifier la serrure, elle est rouillée.
La grille devant laquelle il m'avait conduit barrait depuis le sol jusqu'au plafond un boyau voûté de six mètres de haut, interdisant tout passage à un être humain, et encore plus à un cheval. La serrure n'avait pas été actionnée depuis des années.
— Les écuries sont-elles sans surveillance la nuit ?
— Les écuries ne sont jamais sans surveillance. Nous sommes toujours deux au moins de service. Qu'est-ce qu'on peut pour vous, monsieur ? On a beaucoup de travail, là...
— Je comprends.
Tout le monde avait trop de travail, ce maudit soir-là. Je m'en retournai donc, puis m'arrêtai.
— Dites-moi, vous arrive-t-il d'entendre des bruits ?
— Quel genre de bruits ? interrogea le bon Jacques.

— De la musique, par exemple.
— Oh ! sans arrêt. L'organiste.
— L'organiste…
— Il joue tout le temps, et la musique descend. Parfois on l'entend chanter, d'une très belle voix de baryton.

Je me surpris à me demander si la musique ne montait pas, au contraire.

— Je vois. Merci. Je vais faire de mon mieux pour retrouver César.

— Ça serait une sacrée bonne chose, entendis-je l'un d'eux murmurer alors que je reprenais mon ascension de la rampe en direction du théâtre en suivant mon fil d'Ariane.

Arrivé au niveau deux, à l'entrée d'un couloir, je me figeai. Le fil avait été sectionné. Le reste de ma laine verte avait disparu. Je savais très bien où je me trouvais. Le dessein de mon invisible adversaire n'était sans doute pas de m'égarer mais simplement de manifester sa présence. C'était un spécialiste des cartes de visite menaçantes.

Et cette fois encore, je perçus le faible son d'un rire désincarné.

J'allai me changer et gagnai ma place comme on me l'avait ordonné, derrière Moncharmin et Richard, au fond de la loge cinq. Tandis que les nouveaux directeurs s'inclinaient et faisaient des grâces au public, jouissant au maximum de leur intronisation, je constatai que je distinguais parfaitement la scène, mais mon mauvais pressentiment demeura entier. J'avais rôdé dans les coulisses auparavant, sans pour autant noter quoi que ce soit d'inhabituel. J'avais terrorisé le pauvre Léonard qui n'allait pas quitter des yeux sa table d'accessoires pendant quatre heures. Le corps de ballet papotait joyeusement, le chœur tirait ses bas et ajustait ses perruques, la Sorelli vocalisait dans sa loge.

Je fus assez hardi pour aller lui demander si elle n'avait pas entendu des rumeurs.

— Bah! Z'ai même réçou oun lettré dé ménaces!
— Puis-je la voir?
— Zé l'ai zétée, dit-elle avec mépris. Z'en réçois tout lé temps. « Sorelli né santé pas cé soir! Tou as oun chat dans la gorze! » Bah! C'est oun coup dé la claqua. C'était la même choze à la Scala. La Sorelli, elle n'a zamais lé chat.
— Quelle claque?
— Ma, cetté poutana, la Daaé, bian sour. Ils volent faire sa carrièré sour ma cadavré!

Elle eut un rire semblable à un jappement de petit chien mais elle n'avait pas l'intention de se laisser intimider. Christine Daaé était une rivale et, menaces ou non, Sorelli était décidée à chanter.

— Vous avez la mine d'un homme qui a une idée derrière la tête, avait commenté Ponelle en me voyant surveiller la salle depuis les pendrillons alors qu'il s'apprêtait à rejoindre la fosse.
— Exactement.

Ce fut tout ce qu'il obtint. Je le priai de m'excuser auprès de Leroux. À ces mots, il eut un air ébahi mais s'en alla sans poser d'autres questions. Depuis mon observatoire entre Moncharmin et Richard, je remarquai une petite femme au rang M dont les vêtements semblaient empruntés et qui jetait des regards émerveillés autour d'elle en gesticulant et en accablant son voisin, tout aussi déplacé qu'elle.

— Ma concierge! dit Richard hilare en désignant la femme à son partenaire. À partir de demain, c'est elle qui s'occupera de la corbeille. J'ai voulu l'inviter à un opéra d'abord, une fois dans sa vie, la chère créature.

Derrière eux, je me dressai comme si j'avais reçu un coup de marteau sur la tête. Bien sûr ! Il allait s'en prendre à la remplaçante de Mme Giry – et je ne doutais pas un instant qu'il sût qui elle était. Pour Nobody, chaque mur était une oreille. Je me hâtai d'examiner les individus qui entouraient l'insouciante concierge. Tous paraissaient normaux. De chaque côté de la femme, devant et derrière elle, les gens discutaient à voix basse ou feuilletaient leur programme. Je conclus que, sauf si un assassin était caché quelque part avec une arme à feu, elle ne craignait rien. Je me rassis.

Le premier violon pénétra dans la fosse, déclenchant les applaudissements, et bientôt le hautbois émit un *la* repris par les autres instruments.

L'équipe qui actionnait la Calliope, trois étages plus bas, fit descendre l'obscurité et Leroux en personne entra sous une ovation. Il salua, saisit sa baguette et en frappa trois fois son pupitre, avant le temps fort.

Tout se passa normalement. L'acte I remporta un énorme succès avec le grand de Rezske en Faust, à la recherche des secrets de la vie, et Plançon en Méphistophélès, surgissant d'une trappe dans un éclair de lumière rouge pour proposer son diabolique marché. Les arias furent bissées avec enthousiasme. La musique de Gounod, bien que trop sirupeuse à mon goût, était assurément supérieure à celle de Meyerbeer.

Mes deux compagnons n'arrêtèrent pas de jacasser comme des pies dans un chuchotis insupportable, s'autocongratulant sur mille détails, au premier rang desquels ils plaçaient le défi lancé au Fantôme.

— Je savais que toute cette histoire était une rigolade, se félicita Moncharmin d'une voix qui portait jusqu'à la loge en face.

— Une fadaise complète ! approuva l'autre avec un gros rire.

Pour ma part, cependant, je me disais que le problème, s'il devait y en avoir un, se présenterait à l'acte II, au moment où Marguerite entre en scène. Mais là, je me trompais. Le chœur d'introduction, si connu qu'il donne l'impression d'avoir toujours existé, et l'air du « Rat » de Méphistophélès se déroulèrent on ne peut mieux ; Plançon, il faut le préciser, était particulièrement en voix. La Sorelli fit sensation dans le rôle auquel le public l'identifiait, et sans le moindre incident, le rideau se ferma.

— Excellent ! Excellent ! s'exclamèrent les deux imbéciles (Ponelle avait décidément raison), se levant, battant des mains, tout en saluant comme s'ils étaient responsables de cette production en réalité entièrement montée avant leur arrivée.

M'étais-je fait des idées ? Étais-je victime du climat de superstition et de faux-semblant que ce lieu suscitait ? Dieu sait, Watson, à quel point j'aurais aimé avoir tort dans cette histoire. Ce seul espoir m'ôtait un poids de la poitrine, et pourtant quelqu'un avait volé César sous le nez de deux palefreniers, quelqu'un jouait sans arrêt de l'orgue, quelqu'un avait coupé mon fil vert, quelqu'un avait ri de ma déconfiture – et le couteau rétractable de Don José ne s'était pas rétracté.

Et alors ? me demandai-je. Et si un machiniste avait arraché le fil ? Et si un palefrenier était parti avec le cheval, ou si celui-ci était allé se cacher tout seul dans quelque recoin de cette véritable ville souterraine ? Et le rire, tout comme l'orgue, pouvait bien provenir du dessus, ou simplement se propager à travers les aérateurs destinés aux animaux.

Et puis pourquoi un couteau ne se coincerait-il pas ?

Mais où était passée la corde avec laquelle on avait pendu Joseph Buquet ? Allions-nous être témoins d'un nouvel exploit macabre ou simplement de l'une des petites facéties tant prisées du Fantôme ?

Ces réflexions contradictoires m'occupèrent pendant l'entracte, alors que je suivais la petite concierge et son compère (on devait apprendre plus tard qu'il s'agissait de son mari) jusqu'au foyer, où on leur servit des boissons sur le compte de la direction. À l'évidence, la brave femme vivait un authentique conte de fées et ne soupçonnait pas le moins du monde que j'étais prêt à la plaquer au sol au premier mouvement suspect dirigé contre elle.

Mais rien de tel ne se produisit et, tandis qu'elle regagnait la salle, je retournais dans la loge cinq où les directeurs me rejoignirent peu après, des coupes de champagne à la main.

— Vous vous amusez, Sigerson ? s'enquit Moncharmin en me tendant une coupe.

Et j'avoue que je la vidai avec plaisir.

— Un opéra n'est pas fini tant que la soprano n'a pas chanté son grand air, fis-je remarquer.

Cette observation provoqua chez eux un ouragan de rires. Ils se tordaient encore alors que les lumières déclinaient, et en rajoutaient à mes dépens sur les policiers-violonistes. Et je me surpris à plaindre, sincèrement, la pauvre Préfecture et même Scotland Yard, toujours brocardés par ceux-là mêmes qui se tournent vers eux, désespérés, pathétiques, dès que quelque chose va mal.

Leroux revint sous un tonnerre d'applaudissements et l'acte III débuta.

Ce qui se passa ensuite est si impensable que, même aujourd'hui, je ne parviens pas à me le rappeler sans incrédulité. Marguerite, c'est-à-dire la Sorelli, se trouvait dans son jardin et s'apprêtait à attaquer l'adorable aria « Il était un roi de Thulé ».

— Miaou !

Moncharmin et Richard se regardèrent. Était-il possible que nous eussions entendu un chat ?

— Qu'est-ce que c'était ? balbutia Richard.

Sorelli tenta de poursuivre.

— Miaou !

Cette fois, il ne pouvait y avoir de doute et, qui plus est, le miaulement du chat était sorti de la bouche même de la Sorelli.

À nouveau elle s'efforça de chanter.

— Miaou !

Les directeurs étaient déjà debout et moi aussi, derrière eux. Consternée, la diva plaquait ses mains sur sa bouche comme pour étouffer le son, mais lorsqu'elle écarta ses doigts pour reprendre...

— Miaou, miaou !

— Qu'est-ce que ça veut dire, Bon Dieu ! hurla presque Moncharmin.

Le public, qui avait d'abord été saisi, se mettait déjà à lancer des lazzi.

— Miaou, miaou, miaou !

— La Sorelli a un chat dans la gorge ! cria un plaisantin de l'un des balcons, et toute la salle commença à rire et à taper dans les mains.

— Qu'on nous donne Daaé ! s'exclama un autre depuis le paradis[1].

— Daaé ! DAAÉ ! scanda la foule.

---

[1]. Le paradis désigne le dernier balcon. On l'appelait ainsi du fait qu'il était le plus près du ciel.

— Chante, bon sang, mais chante ! aboya Richard à l'adresse de la pauvre femme tandis que Moncharmin s'épongeait frénétiquement le visage avec un grand mouchoir de batiste.

Une fois de plus, la soprano humiliée tenta de s'exécuter. Elle fit un signe désespéré à Leroux qui, furieux, intima l'ordre aux musiciens qui s'étaient levés de se rasseoir, et l'aria reprit.

— Miaou ! Miaou ! Miaou ! Miaou ! Miaooooouuuuuùu !
— Daaé ! Daaé ! Daaé ! hurlait le public.

Finalement, la naufragée n'y tint plus et, se serrant toujours la gorge, quitta la scène sous les applaudissements tumultueux émaillés de sifflets et de quolibets.

— Catastrophe ! Désastre ! échangèrent les directeurs. Qu'on aille chercher Daaé !

Le rideau se ferma brutalement et le public se mit à réclamer la jeune soprano en cadence et à l'unisson. À peine entendait-on des cris étouffés et des piétinements sur le plateau. Quand on rouvrit enfin, la remplaçante de la Sorelli apparut.

Les spectateurs étaient si agités qu'il fallut près d'une minute pour les convaincre de reprendre leurs places et d'écouter.

Une nouvelle fois, l'orchestre attaqua « Il était un roi de Thulé ». Mlle Daaé chanta avec le sentiment le plus simple et le plus pur, comme si la musique et les paroles lui étaient dictées par ses émotions.

Il existe différentes sortes de silences, Watson, surtout au théâtre. Il y a le silence attentif, le silence poli, le silence hostile, et il y a le silence extasié.

Ce fut ce dernier qui accompagna l'interprétation lumineuse de Christine Daaé. Je devais reconnaître que, sur un point au moins, Nobody avait raison. Même au mieux de sa forme, la Sorelli ne pouvait se mesurer à cette fille, et cette prestation stupéfia tout le monde, y compris nos deux polichinelles bouchés à l'émeri.

À la fin de l'aria, toute la salle éclata en acclamations. Elle exigea un bis immédiat et obtint satisfaction. Cette fois, ce fut encore meilleur.

Christine ne risquait plus de décevoir. Elle allait de plus en plus loin, et le public la suivait. Je poussai un soupir de soulagement. Nobody s'était contenté de jouer un tour spectaculaire. La Sorelli avait ignominieusement été chassée de scène, bien sûr, mais il n'y avait pas eu de vrais dommages.

J'avais bien tort d'être rassuré. Nous étions maintenant parvenus au célèbre air des « Bijoux » que Mlle Daaé interpréta avec un tel brio que le triomphe qu'elle remporta fit presque vibrer les murs. Une fois de plus, elle fut obligée de bisser, et l'accueil fut assourdissant.

— À chanter ainsi, elle va casser la baraque ! murmura soudain une voix sépulcrale, si proche qu'il me sembla sentir un souffle chaud contre mon oreille.

Je dois vous avouer, Watson, qu'à ces mots mes cheveux se dressèrent sur ma tête. Les deux bouffons, qui avaient eux aussi entendu, tournaient sur eux-mêmes, pris de panique.

— Qui a dit ça ? me demanda Richard, tremblant comme une feuille.

— Pas moi.

— Ni moi, émit Moncharmin en canon.

Leurs suppositions terrifiées furent interrompues par une inhabituelle série de tintements, suivie d'un craquement sinistre.

Tous les regards se levèrent vers le bruit, comme si la salle n'avait eu qu'une seule paire d'yeux. Nous observâmes le gigantesque lustre qui se balançait au bout de son amarre. Cette fois, le silence dans le théâtre était d'une autre qualité, c'était un silence fasciné, hypnotisé, presque religieux, seulement troublé par le tintement des dix mille pièces de cristal et par le craquement de leur support qui s'accentuaient dans la soudaine stupeur collective.

Bien que j'eusse un pressentiment insensé de ce qui se tramait, une hideuse prémonition du désastre, je restai cloué sur place, sidéré, incapable de croire que ça allait vraiment se produire. Il semblait bien que Nobody fût l'homme du mot juste. Un chat était un chat. Et casser la baraque ne pouvait signifier qu'une seule chose.

Dans un brusque déchirement, le lustre de six tonnes se libéra de ses attaches et plongea sur les travées centrales, atterrissant avec une telle force qu'il creusa un énorme cratère dans le sol et y disparut à moitié.

Tout cela n'avait pas pris trois secondes, mais je peux vous assurer que ça ressemblait à une vie entière. Le lustre, je le vis, parut s'immobiliser à mi-chemin, tout le public, au-dessous, pétrifié par sa chute ; puis il toucha terre dans une explosion de verre et une montagne de poussière.

Le choc et le bruit furent d'une telle ampleur qu'on entendit à peine les hurlements qui suivirent. Déjà j'avais repris mes esprits et fonçai hors de la loge. Je dévalai l'escalier (au risque de me casser une jambe) et me précipitai dans la fosse où je trouvai Ponelle, debout avec tout l'orchestre, dans la plus extrême hébétude. Je le saisis par son revers.

— Vite ! criai-je. Montrez-moi comment atteindre le toit !

— Mais les gens..., se plaignit le violoniste, incapable de bouger.

— Le toit, mon vieux ! D'autres s'en occuperont, des gens, le pressai-je en le giflant légèrement. Faites-moi monter sur le toit !

Je l'arrachai au groupe sonné de ses collègues et l'entraînai jusqu'à la porte de la fosse. Retrouvant ses sens, Ponelle comprenait maintenant ce que je voulais et nous traversâmes des foules hallucinées de figurants, de solistes, de machinistes et de membres hystériques du corps de ballet, avant qu'il repère une échelle métallique conduisant dans les cintres.

Je grimpai à sa suite, courus le long d'une succession de passerelles branlantes avant d'emprunter de nouvelles échelles métalliques menant à d'autres ponts de bois qui tanguaient dangereusement sous nos pas pour enfin déboucher dans la coupole. À travers le trou précédemment occupé par la chaîne du lustre, nous pouvions juger du chef-d'œuvre du Fantôme.

Le mastodonte avait écrasé toute chose et toute vie dans un rayon de six mètres. Telles des fourmis, les gens montaient les uns sur les autres pour essayer d'échapper, pour s'entraider, pour se libérer, pour mourir.

Je ne doutai pas une seconde que parmi les victimes était une pauvre femme qui venait d'assister à un opéra pour la première (et dernière) fois de son existence.

Inutile d'ajouter qu'il n'y avait nulle part trace du monstre qui avait perpétré un tel crime, mais seulement un bout de câble lourd qui pendait dans l'ouverture, ses fils d'acier mis à nu à l'endroit où il avait lâché, exactement comme s'il s'agissait d'un accident.

— Vous n'avez rien trouvé ? demanda Ponelle, essoufflé, me regardant avec des yeux fous et le visage trempé de sueur.

— Rien, répondis-je en fourrant dans ma poche le morceau de papier portant l'écriture familière qui n'avait été laissé là qu'à mon intention.

Mais j'avais eu le temps de le lire :

« Trop tard, monsieur Sherlock Holmes. »

10

Récitatif

— J'aurais mieux fait de vous engager pour me protéger moi-même.
— Je ne me suis jamais si gravement trompé.
— Je suis à blâmer tout autant que vous.
— Quel couple nous formons !

Cet échange amer eut lieu dans la suite de Mlle Adler au Grand Hôtel de Paris, tout près de l'Opéra.

C'était le lendemain de la tragédie et elle préparait son départ pour Amsterdam. Tous les journaux de la ville détaillaient l'horreur de la veille. On a sûrement parlé de la catastrophe en Angleterre et vous en avez sans doute lu les comptes-rendus, Watson : vingt-sept tués, cinquante-deux blessés, des centaines de personnes choquées, et l'Opéra menacé d'être traîné devant les tribunaux.

La réparation des dégâts matériels allait être entreprise de toute urgence et permettrait, c'est du moins ce qu'affirmait la direction, d'assurer le gala qui suivrait le Bal masqué, lequel serait maintenu à sa date initiale. La direction déplorait le terrible accident, mais pouvait difficilement être jugée responsable d'un malheur qui s'était produit au premier jour de son mandat. Un nouveau lustre serait sous peu…, etc.

Officieusement, je savais que Mme Giry avait été réintégrée dans ses fonctions. Je doutais que la direction s'aventurât encore dans les parages de la loge cinq, et j'aurais juré que Nobody avait déjà touché une avance sur sa mensualité de vingt mille francs.

Des malles, des valises, des cartons de toutes tailles et de toutes formes jonchaient les tapis d'Irene Adler, que la femme de chambre s'activait à remplir.

Rarement, Watson, je me suis senti si coupable, si stupide, si démuni.

— Vous ne vous rendez pas justice, dit Mlle Adler pour me calmer en entendant mes lamentations. Comment auriez-vous pu prédire pareille abomination, et davantage encore prévenir les gens de ce qui les attendait ?

— J'aurais mieux fait d'appeler la police.

— Ils ne vous auraient pas cru, et si vous aviez révélé votre véritable identité, vous vous seriez probablement retrouvé enfermé comme fou.

Son raisonnement recoupait le mien, évidemment, mais pour l'heure, je n'en tirais pas la moindre consolation.

— J'ai été battu.

— Cela vous est déjà arrivé, je suppose, dit-elle sans la moindre coquetterie, et vous avez survécu.

— Je ne pourrai pas ramener à la vie ces innocents, quoi que je fasse, répliquai-je lugubrement.

— D'un autre côté, observa-t-elle, cynique, vous avez veillé à mon propre salut. Et j'imagine que ce n'est pas rien, même si c'est bien peu.

Levant les yeux, je vis sur son visage une expression douloureuse. C'était la deuxième fois en deux jours que je lisais sur ses traits autre chose que son habituelle indifférence amusée. Je sentis à mes tempes les prémisses d'une nouvelle migraine. C'était inexplicable, Watson, car vous savez comme j'y suis peu sujet[1].

— Je vous prie de m'excuser si mes remarques ont pu vous blesser, dis-je humblement. Je remercie Dieu que vous soyez saine et sauve.

Il y eut un silence mortel avant que nous soyons capables de reprendre notre conversation. Assise devant son petit déjeuner, Mlle Adler alluma une cigarette et se versa une tasse de café.

— Pourquoi a-t-il voulu tuer tant de monde? s'interrogea-t-elle à haute voix, ses pensées la ramenant aux terribles événements de la veille.

— Il ne s'intéressait pas à ces personnes, il s'intéressait seulement à l'une d'entre elles.

— Vous parlez par énigme.

— La concierge de Richard était parmi le public. Il lui avait donné une invitation car elle devait remplacer Mme Giry. C'est elle seule que Nobody voulait éliminer. Les autres, il s'en moquait.

À ces mots, elle ouvrit de grands yeux et reposa sa tasse plus brutalement qu'elle n'aurait souhaité.

— Êtes-vous en train de me dire que toutes les autres victimes n'ont perdu la vie que pour qu'elle meure au milieu d'eux?

— Exactement.

Elle ne put réprimer un minuscule frisson.

— Je crois que je l'ai échappé belle.

— En effet.

J'allumai moi-même une cigarette pour lui tenir compagnie et attendis. De la chambre nous parvint le

---

[1]. Refoulé, Holmes n'a pas fait le rapprochement entre ses migraines et la proximité de la troublante Irene Adler. À l'évidence, ses travaux avec Freud sont restés incomplets.

cliquetis d'une valise qu'on fermait et, s'extrayant de sa sombre réflexion, elle reporta le regard sur moi.

— Quelle ironie du sort que, dans cette affaire, la seule personne qui soit absolument invulnérable soit celle que je vous ai demandé de protéger !

Je ne répondis pas tout de suite. Elle me considéra, interrogative, la tête penchée sur le côté comme à son habitude.

— Si j'en crois mon expérience de la nature humaine, mademoiselle, une dévotion aussi intense que celle de Nobody pour Mlle Daaé n'est guère éloignée de son contraire.

Son visage s'assombrit comme l'eau claire d'une rivière soudain troublée par la vase.

— Vous le pensez capable de s'en prendre à elle ?

Je me tus, mais mon expression devait être éloquente.

— Que voulez-vous dire par « Nobody » ? Qu'est-ce que c'est, « Nobody » ?

— Mlle Daaé ne vous a-t-elle jamais parlé de son ange ?

— Quel rapport ?

— Nobody est le nom par lequel l'ange se plaît à se désigner. C'est sa voix que vous avez entendue de votre loge lorsqu'il donnait des leçons de musique à Christine Daaé. Au début, j'ai supposé qu'il s'agissait d'un employé mécontent de l'Opéra, mais j'ai dû renoncer à cette hypothèse.

— Et quelle est votre théorie actuelle ?

— Je n'en ai aucune. En réalité, il est en avance sur moi, car il connaît mon identité alors que j'ignore encore la sienne.

Elle rougit.

— Vous pensez que mon cri a pu vous compromettre ?

Une fois de plus, je gardai le silence.

— J'en suis vraiment désolée, monsieur Sigerson. Aussi désolée que d'avoir prouvé que vous n'étiez pas une simple machine à penser.

Je n'eus plus alors le moindre doute quant à ma migraine, Watson...

— Êtes-vous certain qu'il sait qui vous êtes ?

— Tout à fait certain, dis-je amèrement en tâtant dans ma poche le morceau de papier qu'il m'avait adressé. Tout ce que j'ai appris sur lui jusqu'ici, c'est qu'il a lu Homère.

Elle me regarda, étonnée.

— Dans l'*Odyssée*, Polyphème, le cyclope, est aveuglé par le héros qui se nomme lui-même Personne. Quand le géant veut dénoncer son assaillant, c'est le nom qu'il prononce : les autres cyclopes sont déconcertés, on les comprend. C'est une petite vanité de notre assassin qui va même jusqu'à se faire passer pour bilingue en traduisant Personne par Nobody.

Mlle Adler écrasa sa cigarette.

— Très bien, dit-elle tristement. Je vous relève de votre mission et suis sincèrement navrée de vous avoir entraîné dans cette histoire.

Voyant sa détresse, je vins m'asseoir près d'elle.

— Ne vous inquiétez pas pour cela, mademoiselle. Les choses se seraient passées pratiquement de la même façon si je ne m'étais pas intéressé à Mlle Daaé.

En vérité, cette remarque me blessa plus que tout le reste, Watson. Face à ce fou, je me sentais totalement impuissant.

— Je suis simplement meurtri d'avoir échoué dans la tâche que vous m'aviez confiée, ajoutai-je après un nouveau silence.

Elle posa sur moi ses yeux brillants et me prit la main, la gardant entre les siennes bien plus longtemps que le strict nécessaire.

— Ne dites pas de bêtises, monsieur Sigerson. Vous ne pourrez jamais me décevoir. Surtout pas depuis hier après-midi.

Je ne détectai aucune trace de moquerie ni dans sa voix ni dans l'expression de son visage. Je dégageai doucement ma main et me mis debout.

— Ce dont vous pouvez être sûre, mademoiselle, c'est que je n'ai pas l'intention d'abandonner. Je ferai boucler ce monstre même si je dois y laisser ma peau.

— Je prierai pour vous, dit-elle, se levant aussi comme à regret. Puis-je connaître vos projets ?

— Pour le moment, je préfère me taire. Et les vôtres ?

Elle haussa légèrement les épaules dans un mouvement qui n'appartenait qu'à elle.

— Après Amsterdam, je me rends au Monténégro, soupira-t-elle. Je suis une incorrigible vagabonde.

— Je suppose que vous serez heureuse de quitter cet endroit et de laisser cette épouvantable affaire derrière vous.

Elle me gratifia d'une de ses expressions du passé, m'enveloppant d'un regard trouble, voilé par ses cils soyeux.

— Pas vraiment heureuse, en vérité. Vous reverrai-je ?

À mon tour, je lui pris la main et l'embrassai ; mais cette fois, je la gardai entre les miennes.

— Rien n'est impossible, mademoiselle.

Elle détailla longuement mon visage.

— J'espère que vous obtiendrez ce que vous désirez, mon ami.

— Il ne m'échappera pas.

— Ce n'est pas cela dont je parlais, répondit-elle énigmatique et, imitant mon geste de tout à l'heure, elle retira lentement sa main.

Le Cadastre était situé au 76 de la rue de Varenne, une voie étroite bordée de minces trottoirs sans arbres. En dehors de la maison de Mme Wharton, on y trouvait surtout des ministères. Un employé installé au centre du hall de marbre derrière le bureau de la réception m'informa, avec un air compassé et subtilement dédaigneux, que la section des Bâtiments publics avait été transférée au numéro 92.

Arrivé là, je fus accueilli par un fonctionnaire plus aimable et lui exposai mon désir de consulter les plans du Palais Garnier.

— Avec plaisir, monsieur. Tous les plans des bâtiments publics sont accessibles. Ce sera deux francs.

Soulagé de rencontrer si peu d'obstacles, je payai, suivis mon guide le long d'interminables rangées d'archives et patientai au pied de la haute échelle roulante à laquelle il monta.

— Alors ça, c'est bizarre !

— Je peux vous aider ?

Il ne répondit pas immédiatement et je dus attendre pendant qu'il fouillait au-dessus de ma tête, faisant tomber sur moi de la poussière et des miettes de papier jauni qui voltigeaient comme de la vieille neige.

Finalement, il redescendit et se planta devant moi avec une expression étrange.

— Ils ont disparu.

— Quoi, tous ?

Pour toute explication, il se gratta le crâne et m'invita à l'accompagner. Nous changeâmes de secteur mais pour aboutir au même résultat.

— Incroyable !

Personnellement, cela ne me paraissait pas incroyable du tout, mais je me tus. Je me demandai si je devais verser aussi deux francs pour la seconde recherche mais, à la réflexion, décidai de m'en dispenser.

— Et l'architecte, questionnai-je plutôt.

— Qui ?

— Garnier. Avez-vous une idée de l'endroit où je pourrais le rencontrer ?

— Au Père-Lachaise... mais je doute qu'il accepte de vous parler, monsieur.

— Et pourquoi cela ?

Il sourit, légèrement honteux de sa plaisanterie.

— Le Père-Lachaise est un cimetière, monsieur.

— Ah...

J'appris que Charles Garnier était mort deux ans auparavant et avait été enterré sans excès de solennité dans ce célèbre jardin du dernier repos[1].

---

[1]. Le manque de solennité remarqué par l'auteur pour l'enterrement de Garnier au cimetière du Père-Lachaise vient sans doute du fait que l'architecte repose au cimetière du Montparnasse. Quelqu'un ment dans cette affaire. On ne peut incriminer l'éditeur, les travaux de Nicholas Meyer faisant autorité. Tout naturellement, les soupçons se portent sur le docteur Watson qui, voulant donner un cadre plus romantique au chapitre suivant et ajouter (comme Holmes le lui reproche souvent) du romanesque à son récit, aura « adapté » les souvenirs de son ami. Il se peut aussi que, comptant sur la naïveté bien connue de Watson, Sherlock Holmes ait lui-même procédé à cette torsion des faits. Mais en ce cas, nous ne distinguons pas clairement sa motivation.

Post-scriptum : Une très vieille habituée du Père-Lachaise que nous interrogions tandis qu'elle nourrissait plusieurs chats, nous a

Et c'est ainsi qu'une nouvelle piste finissait dans une impasse. Néanmoins, une hypothèse s'élaborait doucement dans mon esprit. Je comprenais maintenant que la connaissance que Nobody avait de l'Opéra sortait de l'ordinaire et qu'il avait pris toutes les précautions pour évincer quiconque se pencherait d'un peu trop près sur le problème. Il était bien dommage que le créateur du labyrinthe fût mort car, en l'absence de plans, sa collaboration aurait été des plus utiles.

J'errai dans les rues de la rive gauche, remâchant mes pensées, tâchant de remettre mes facultés en route. Il était certain que j'aurais dû commencer par rechercher ces plans avant d'aller rendre visite à Christine Daaé ; j'aurais dû rencontrer Debienne et Poligny avant de porter des messages d'amour au petit vicomte, et non après. Ma culpabilité était constellée de « j'aurais dû » et de « si ». Cela et quelques autres folies nourrissaient en moi un malaise, mais je me rendis compte que je ne progresserais jamais dans mes investigations si je m'y attardais. Il était trop facile de juger après coup, comme l'avait remarqué Irene Adler. Et c'est pourquoi, dans un accès de positivité, je décidai d'oublier cela et de repartir de zéro.

Ma principale difficulté était que, confronté à un fou aux décisions par conséquent imprévisibles, je ne pouvais me reposer sur la logique qui m'avait toujours si bien réussi. S'il était fou, donc, il convenait de définir son type de folie. Si je ne pouvais prévoir ses actions, du moins arriverais-je à deviner ses motivations.

---

affirmé que Charles Garnier a bien été inhumé là, dans un caveau familial aujourd'hui disparu, en attendant l'achèvement de son tombeau du Montparnasse construit grâce à une souscription nationale. Mais pouvons-nous croire cette femme ? *(N.d.T.)*

Elles semblaient assez claires, bien que succinctes. Le monstre était obsédé par la pauvre Christine Daaé. Cette idée prit de l'ampleur tandis que j'arpentais les rues de la grande ville. À cause d'elle, il avait établi une règle de vie et de mort, une loi personnelle, et il se déplaçait où et quand il le voulait comme si tout l'Opéra lui appartenait.

Et la lumière descendit sur moi. C'est devant l'église Saint-Germain-des-Prés que je fis l'expérience de mon épiphanie, aussi soudaine et magique que la pomme tombant sur la tête de Newton. Lorsque je pris conscience de ma solution, je dus m'arrêter et m'appuyer un instant contre un platane au bord du trottoir, étourdi par le simple étonnement. Bien qu'incroyable, la vérité qui venait de me foudroyer était néanmoins incontestable et, qui plus est, me crevait les yeux depuis déjà quelque temps. C'était seulement sa particularité qui m'avait empêché de la voir. Vous n'ignorez pas ma maxime favorite, docteur : éliminer les impossibilités, et l'hypothèse restante, aussi improbable qu'elle paraisse, sera la bonne. Et c'était la seule explication de la connaissance inégalable de Nobody des dédales de l'Opéra. Je ne comprends pas pourquoi cette évidence ne m'avait pas frappé d'emblée mais, dans ma décision nouvelle d'aller de l'avant, je résolus de ne pas regarder de trop près les dents d'un cheval donné et de ne pas gaspiller un temps précieux à faire mon procès.

Je trouvai Ponelle dans son café de prédilection du boulevard Saint-Germain, plongé dans les comptes-rendus que les journaux donnaient de la tragédie, une cigarette penchant mollement au coin des lèvres.

— Vous allez bien ? demandai-je en m'installant à côté de lui et en appelant le garçon.

— Aussi bien que possible, répliqua-t-il sans lever les yeux. Je parie que Mme Giry a réintégré les effectifs.

— Ça ne m'étonnerait pas. Puis-je vous poser quelques questions ?

Il me regarda enfin.

— Seulement si je peux vous en poser une d'abord : vous saviez que quelque chose allait se produire hier soir.

— Ce n'est pas une question.

— Allez, allez ! Vous avez sauvé la vie de Mlle Adler pendant la répétition d'hier. Je vous ai vu en coulisses avant la représentation du soir et vous vous agitiez comme une panthère en surveillant tout et tout le monde.

Il ne me laissait pas le temps de répondre et finit dans un sourire triomphant :

— Et vous m'avez prié de vous excuser auprès de Leroux. Vous êtes policier ?

Le garçon approcha pour prendre ma commande. Quand il fut reparti, je fis semblant de réfléchir avant de me lancer.

— Je vais vous mettre dans le secret, dis-je enfin.

Et je lui débitai ma grande fable selon laquelle j'enquêtais sur la mort de Joseph Buquet avec la bénédiction de la Préfecture. Ponelle goba l'histoire sans broncher et secoua la cendre de sa cigarette.

— Je le savais, soupira-t-il. Posez vos questions.

— Je veux que vous me parliez de Charles Garnier.

— Que voulez-vous savoir ?

— Pouvez-vous me le décrire ?

Un voile d'incompréhension passa sur son visage.

— Son apparence physique, à quoi ressemblait-il ?

Ponelle entreprit méthodiquement de faire craquer les articulations de chacun de ses doigts. Mon café arriva et, très concentré pour réprimer mon impatience, j'y versai un peu de crème, d'un geste méditatif.

— Il mesurait... oh... je dirais un mètre quatre-vingts, le teint plutôt sombre et des yeux bleus très enfoncés.

— Quoi d'autre ?

Il plissa les paupières pour tenter de se construire une image intérieure puis les rouvrit soudain avec un grand sourire.

— Il avait des cheveux et une barbe d'un roux vif exceptionnel.

— Le reconnaîtriez-vous si vous deviez le revoir ?

— Il est mort, voyons.

— Vous n'avez pas répondu à ma question.

11

Dans la nécropole

— Je n'arrive pas à croire que j'aie pu me laisser convaincre de venir ici, grogna Ponelle pour la cinquième fois lorsque nous pénétrâmes dans le cimetière du Père-Lachaise, par le boulevard de Ménilmontant.

Il était près de dix-sept heures et une pluie fine tombait. Je pris le jeune homme par le bras avant qu'il ne fasse demi-tour.

— Guidez-moi, s'il vous plaît, et n'oubliez pas que je représente la Préfecture.

— Alors pourquoi ne pas les avoir prévenus de cette mystérieuse visite ?

— Cela impliquait quantité de paperasses et de publicité, deux choses que je préfère éviter pour le moment. Plus tard, nous serons sans doute forcés de renoncer à la discrétion.

Il sembla se contenter de ces explications et, levant des yeux hostiles vers le ciel de plomb, il m'entraîna dans les hauteurs. L'endroit était immense, une véritable ville des morts, avec des tertres, des vallées, des carrefours, des rues et des boulevards en miniature, tous bordés de minuscules maisons, élégantes demeures des trépassés.

— Tout ça me déprime, grommela tristement Ponelle.
— Vous êtes allergique aux cimetières ?
Il haussa les épaules.
— Il ne s'agit pas de superstition, si c'est ce que vous insinuez. C'est ici qu'a été exterminé le dernier carré des Communards, voici vingt ans. Des combats terribles ont fait rage entre les tombes et plus d'une dalle funéraire était recouverte par les cadavres, au lieu de l'inverse. Les cent cinquante survivants ont été alignés contre le mur et fusillés. Ils ont été enterrés sur place dans une fosse commune. Tout près d'ici.

Il eut un long frisson, avant de se ressaisir :
— Vous désirez voir où est enterré Garnier ?
— Je ne suis pas particulièrement pressé. Parlez-moi encore de l'histoire de ce lieu, lui demandai-je, comprenant qu'il convenait de le distraire avant de l'inclure, le moment venu, dans mon dessein.
— Que voulez-vous savoir ?
— Tout. Qui était ce père de La Chaise ?
— Le confesseur du roi Louis XIV et le responsable de la propriété qui appartenait aux jésuites jusqu'à leur expulsion. La ville l'a rachetée vers 1880. Je ne suis pas expert en la matière.
— Au contraire, mon cher ami. Comme toujours, vous vous révélez un puits de science.

Nous fîmes halte devant le tombeau de David, l'illustre peintre patriote de l'Empire. Non loin de là se trouvait celui de Géricault. Peut-être les morts étaient-ils regroupés comme à l'abbaye de Westminster, par professions ?

— Je ne crois pas, rectifia mon guide d'une voix neutre.

J'insistai pour voir la tombe de Molière, couplée avec celle de La Fontaine.

— Il commence à faire nuit. Ils vont bientôt fermer, me fit remarquer Ponelle. Et de plus, je suis trempé.

J'allumai ma pipe et en retournai le fourneau vers le bas afin de protéger son contenu de la pluie. Au loin retentit le son d'une cloche.

— Venez, il faut partir, me dit mon compagnon, soudain soulagé. Ils vont fermer les grilles. Nous reviendrons un autre jour pour Garnier.

— Restez tranquille. Nous n'allons nulle part.

Dans d'autres circonstances, j'aurais trouvé comique l'expression incrédule avec laquelle il me regarda alors tout dégoulinant.

— Nulle part. Que voulez-vous dire ?

— Je veux dire que j'ai l'intention de voir le caveau de Garnier ce soir. Cachez-vous derrière le monument de Murger[1], là, et n'en bougez que lorsque je vous appellerai.

D'une bourrade légère, j'envoyai ce pauvre Ponelle dans sa cachette et pris mon tour de garde. Comme j'aurais aimé vous avoir avec moi, Watson ! Votre âme intrépide se serait délectée d'une telle situation, alors que je traînais derrière moi un timide violoniste persuadé qu'il avait affaire à un dément. Mais hélas, même si vous aviez été là, nous n'aurions pu nous passer des services irremplaçables de Ponelle.

— Mais ils vont nous découvrir ! chuchota-t-il, paniqué.

Je plaçai mon index devant ma bouche et lui pressai énergiquement l'épaule.

---

1. Henri Murger (1822-1861) est l'auteur des *Scènes de la vie de bohème* dont s'inspira Puccini en 1896 pour son opéra *La Bohème*. Ici, le brouilleur de pistes frappe une seconde fois, car Murger est enterré au cimetière de Montmartre ! *(N.d.T.)*

En réalité, nous n'eûmes guère longtemps à attendre. Les gardiens étaient peu nombreux et, le mauvais temps les dissuadant de se lancer dans une ronde minutieuse, ils se contentèrent du strict minimum. Après tout, les morts n'allaient pas s'envoler. Je vidai ma pipe et la fourrai dans ma poche avec les sandwiches que j'avais achetés pour l'occasion.

Il faisait nuit noire désormais et l'air avait fraîchi, ce qui ne nous procurait qu'une maigre exaltation.

— Je veux bien que vous me montriez le caveau de Charles Garnier, annonçai-je.

— Et comment espérez-vous le voir ? répondit-il avec une certaine irritation. Je vous répète que tout cela me paraît absolument illégal.

— Un peu de patience, mon cher Ponelle. Cette petite baraque, là, appartient sans doute aux employés qui sont, à l'heure qu'il est, tranquillement chez eux, bien au sec, en train de se régaler d'une bonne soupe chaude. Nous allons pouvoir vérifier si ma supposition est fondée.

Et en effet, la cabane était bien celle des fossoyeurs. Je n'eus aucun mal à crocheter la serrure rudimentaire avant de pousser mon malheureux compagnon à l'intérieur. Là, comme je l'avais prévu, nous attendaient divers ustensiles qui allaient nous être bien utiles.

— Qu'est-ce que vous voulez faire avec cette pince ? demanda Ponelle, mal à l'aise.

— Après vous, mon cher ami.

Il renifla, mi-résigné, mi-exaspéré, et ressortit de la remise.

J'allumai la lampe-tempête que je venais de dénicher et mis mes pas dans ceux de Ponelle, tandis qu'il me conduisait vers le nord de la nécropole. Nous parcourûmes bien un kilomètre. Nous étions déjà couverts de boue jusqu'aux yeux et dûmes nous jeter à plat ventre lorsque nous entendîmes approcher un gardien qui effectuait sa ronde. Il passa à trois rangées de nous.

— Voici Bizet, souffla Ponelle, fasciné presque malgré lui par l'aventure. Le monument est l'œuvre de Garnier lui-même[1].

Ponelle était un guide-né.

— Très bien, mais peu importe pour le moment. Montrez-moi Garnier.

Il tendit le bras. Le créateur du tombeau de Bizet et de l'Opéra de Paris était enterré dans un grand caveau, à quelques mètres à peine du compositeur de *Carmen*. Dans le granit blanc était gravé un simple nom :

GARNIER

Je jetai un regard prudent aux alentours.

— Maintenant, mon cher Ponelle, je vais solliciter votre indulgence un peu plus avant, dis-je suavement en brandissant, d'un large geste, la pince jusque-là dissimulée sous mon manteau.

Ses yeux semblèrent jaillir de leurs orbites. Il avait oublié la pince.

— Qu'avez-vous l'intention de faire avec ça ?

— J'ai l'intention d'ouvrir le cercueil de M. Garnier et de…

Je ne pus continuer. Le pauvre Ponelle bondit comme une gazelle épouvantée par quelque prédateur et s'apprêtait à détaler. Je le retins fermement par ses basques, laissant échapper mon outil qui tomba dans l'herbe trempée.

---

[1]. Reconnaissons loyalement que Georges Bizet est bien inhumé au Père-Lachaise. Et le buste en bronze du compositeur est effectivement signé. Il est signé P. Dubois. *(N.d.T.)*

— Ponelle !

— Mais c'est inqualifiable !

— Ponelle !

— Monstrueux ! Insupportable !

— Tout ce que je désire, c'est que vous identifiiez le cadavre.

— Quoi ?

Je réitérai ma proposition.

— Mais c'est de la folie pure ! Il est mort depuis deux ans !

— Je ne le crois pas, lâchai-je à sa totale stupéfaction. Je pense que Dédale se trouve encore au centre de son labyrinthe.

— Je ne comprends pas un traître mot de ce que vous racontez. Nous allons être arrêtés et condamnés à…

— Ponelle, écoutez-moi attentivement. Personne ne va nous arrêter. Demain soir, nous serons assis tous les deux, en vêtements secs, sur nos chaises, dans la fosse d'orchestre et nous jouerons pour le Gala de l'Opéra. Dans l'immédiat, vous devez faire ce que je vous demande. Ce sont les ordres de la police, le sermonnai-je pour l'encourager.

Il produisit un misérable soupir mais resta là et tint la lampe comme un automate tandis que je m'occupais de la porte. La tâche n'était pas surhumaine, la serrure étant plus ornementale que fonctionnelle. Ma victoire s'accompagna d'une plainte puis d'un bref claquement. Faisant signe au violoniste de me suivre, j'entrai dans le caveau.

Il faisait plus froid dedans, mais moins humide, heureusement, malgré une désagréable odeur de moisi et d'innombrables toiles d'araignées.

Il y avait là six cercueils de la famille Garnier. L'architecte occupait celui du milieu, à droite, comme l'indiquait une discrète plaque de cuivre toute vert-de-grisée.

— Plus haut, la lanterne.

Il s'exécuta sans un mot. Les crissements de la pince déchirant les attaches métalliques emplirent le réduit d'échos diaboliques.

— Mon Dieu, mon Dieu ! C'est de la barbarie, murmura le brave garçon.

Mais, malgré lui, il commençait à se laisser captiver par mon étrange activité. La curiosité venait à son secours.

— Pourquoi avez-vous parlé de Dédale ? Qui est ce Dédale ?

— Il était une fois, avant même que l'on commence à rédiger l'Histoire, un roi de Crète nommé Minos, expliquai-je en essayant de débloquer les vis rouillées de mes doigts gourds. Le frère de sa femme était un monstre, mi-homme, mi-taureau, qu'on appelait le Minotaure.

— Venez-en au fait, je vous en prie.

— J'y viens. Sa femme aimait son terrible frère et refusait qu'on le mît à mort. Le roi eut alors l'idée de commander un labyrinthe à une équipe d'architectes et d'y enfermer la bête de façon à la conserver en vie tout en l'empêchant de faire du mal à autrui. L'architecte en chef s'appelait Dédale.

Il réfléchit en silence à mes paroles tandis que je reprenais mon travail.

— Vous pensez que Garnier est le monstre ? Qu'il a tissé sa propre toile d'araignée pour s'installer en son milieu ?

— J'en suis persuadé.

Je donnai une poussée sous le couvercle du cercueil qui émit un sinistre craquement. Épouvanté, Ponelle se rapprocha de moi.

— Tenez, aidez-moi donc à soulever ce truc, lui dis-je.
Ensemble, nous parvînmes à le dégager.
— Prenez la lampe et dites-moi ce que vous voyez.
— Je ne peux pas.
— Il le faut.

Pris d'une soudaine résolution dont je ne l'aurais pas cru capable, il me bouscula presque et grimpa sur le cercueil du dessous pour se trouver à la bonne hauteur. J'entendis un râle affreux et il se rejeta en arrière, précipitant presque la lanterne sur la paroi de pierre, en proie à une quinte de toux douloureuse, sèche, effrayante, avant de s'écrier :

— C'est lui !
— Comment en êtes-vous si sûr ?
— C'est lui, je vous dis ! Regardez vous-même ! Ah ! mon Dieu !

Et il se réfugia à nouveau dans sa quinte de toux en se couvrant la bouche et le nez de son mouchoir. Le laissant effondré contre le mur, je m'emparai de la lanterne et escaladai le cercueil du bas.

Je ne pense pas qu'il soit nécessaire de m'étendre sur la vision qui m'attendait. Sachez seulement qu'elle réussit à provoquer un désagréable frisson chez le monstre de sang-froid que je suis, Watson. Le cercueil renfermait les restes d'un homme de grande taille dans un navrant état de décomposition, les traits du visage totalement brouillés. Cependant l'identification de Ponelle était incontestable, eu égard à la masse considérable de cheveux roux qui avaient continué à pousser après la mort de Garnier. Cette couleur caractéristique lui aurait légitimement ouvert la porte de la Ligue des Rouquins[1].

---

1. Voir *La Ligue des Rouquins*.

Je redescendis de mon perchoir et fermai les yeux, consterné.

— C'est inconcevable.

— Quoi donc ? Qu'un homme soit étendu dans son propre cercueil ? Pourquoi ne partons-nous pas d'ici ?

— Un moment.

Je ne parvenais pas à traduire mes pensées, Watson. J'avais été habité d'une telle certitude ! Mon esprit, cet instrument qui avait si longtemps servi mon art et dont je tirais une vanité bien pardonnable, m'avait trahi ! Assommé, je m'assis à même le sol, peu soucieux de son état. Et, selon mon habitude, je me mis à parler à voix haute pour m'éclaircir les idées.

— Il faut éliminer les impossibilités ! La seule solution pour qu'un homme parvienne à évoluer dans tous les méandres de ce bâtiment, c'est qu'il en soit l'architecte. Il n'y a pas d'autre explication valable : il s'y déplace à sa guise parce qu'il l'a construit dans ce but.

Ponelle me regarda bizarrement et se laissa glisser au pied du mur opposé.

— C'est votre théorie ?

— Proposez-m'en une meilleure, répliquai-je aigrement, comme pour un défi.

Il continua à me fixer.

— Qu'avez-vous ? lui dis-je enfin.

— Un détail, simplement, commença-t-il d'une voix hésitante. Si vous cherchez l'architecte qui a dessiné les sous-sols de l'Opéra, vous vous trompez de bonhomme.

— Comment cela ?

— Ce n'était pas Garnier, mais son assistant.

— Quoi ?

Il confirma énergiquement et s'installa plus confortablement en face de moi qui le dévisageais, stupéfait.

— Mais oui. C'est lui, le vrai génie qui a résolu les problèmes de fondations. C'est lui qui a eu l'idée du drainage, de la création du lac, etc. Garnier n'a construit que la partie visible. Tout le reste a été réalisé par son assistant.

— Icare.

— Pardon ?

— Le fils et l'assistant de Dédale. Êtes-vous tout à fait certain de ce que vous avancez ?

— Mais tout à fait. Il était chargé de concevoir toute l'infrastructure. Un grand homme avec un gros rire. Nous, les gosses, nous l'adorions. Mais enfin, lui non plus ne peut plus vous renseigner sur son œuvre, hélas.

— Mort ?

— Il y a eu un effondrement en...

Il lui fallut se pincer le haut du nez pour retrouver la date exacte.

— ... en 1874, je crois. Un glissement de terrain sous la rue Gluck. Ils terminaient la voûte de briques au-dessus du lac. Le pauvre homme a été enseveli sous plusieurs tonnes de pierres et de ciment frais.

Il hocha tristement la tête à ce souvenir avant d'ajouter :

— Le bâtiment était presque achevé et il ne l'aura jamais vu.

— Enseveli !

Mon ingénieuse théorie reprenait des couleurs.

— Attendez une minute, fis-je en claquant des doigts. A-t-on retrouvé le corps ?

— Oh ! oui, plusieurs semaines après. Ils l'ont retiré du lac. Je suppose qu'il ne devait pas être joli à voir. Encore pire que celui-ci, je le crains.

Et il fit un geste vers le cercueil ouvert, au-dessus de moi. Mais j'y prêtai à peine attention. Je savais que j'étais sur la bonne piste, Watson. La moindre de mes cellules me le criait. Et, cependant, ils avaient repêché le corps. Ça ne cadrait pas. J'allais me décourager lorsqu'une nouvelle illumination vint me sauver.

— Vous ne m'avez pas dit qu'on avait jeté des cadavres dans le marais, au temps de la Commune, lorsque le chantier de l'Opéra a été utilisé comme prison ?

— Absolument, admit Ponelle, avant d'ouvrir tout grand la bouche. Mais vous n'allez tout de même pas imaginer... ?

— Après un séjour dans l'eau, tous les cadavres se ressemblent, avec le travail de la décomposition. Voulez-vous un sandwich ?

Je lui en tendis un. Ponelle, fasciné par mes propos, avait oublié toute terreur, toute méfiance et s'abandonnait maintenant à son inépuisable curiosité... et à son appétit. À la lumière de la lampe-tempête, nous mangeâmes en silence durant plusieurs minutes, seulement accompagnés par le solo de la pluie au-dessus de nos têtes.

— Parlez-moi de cet assistant. Comment avez-vous dit qu'il s'appelait ?

— Je ne vous l'ai pas dit, parce que nous, les gamins, nous ne connaissions pas les noms des hommes du chantier.

La déception me fit fermer les yeux.

— Ce ne serait pas Nobody, par hasard ?

— Nobody ? Quel drôle de nom !

— C'est de l'anglais.

— Ah ! d'accord.

Je le vis essayer de fouiller sa mémoire.

— Non, je ne crois pas. Nobody... Non, ça ne me dit rien...

Il secoua la tête, chercha encore, puis renonça :

— Je suis désolé. Nous, nous l'appelions Orphée.
Je rouvris les yeux.
— Orphée ? Et pour quelle raison ?
— Oh ! il était fou de musique. Participer à la construction d'un Opéra était le rêve de sa vie. Il sifflait et chantait en parcourant les échafaudages, aussi heureux et insouciant qu'un funambule. Il avait la plus belle voix du monde.

Il marqua une pause, puis, se tapant sur le front, me livra un autre de ses souvenirs.

— Son autre passion, c'était la mythologie et c'est pour cette raison aussi que nous l'appelions Orphée. Pendant qu'il cassait la croûte, assis sur une poutre ou sur un tas de pierres, il nous racontait des histoires sur la guerre de Troie... Oui, Orphée, ce nom résumait ses deux tocades.

Je respirai profondément avant d'oser poser ma question :

— Sa voix, dis-je doucement, était-elle celle d'un baryton ?

Il me regarda avec stupéfaction.

— Comment avez-vous deviné ?

Je ne répondis rien. Ses yeux s'agrandirent encore.

— Vous voulez dire que... ? Non, vous ne voulez tout de même pas...

— Peut-être le choc de se sentir enterré vivant lui a-t-il fait perdre la raison. Mais une chose est certaine : il a survécu à l'accident. Et il a choisi de vivre, depuis lors, à l'intérieur de l'Opéra, et de ne plus se montrer.

Je pouvais presque entendre les rouages du cerveau de Ponelle se mettre en branle en grinçant pour essayer d'enregistrer ce que je venais de déclarer. Il froissa lentement l'emballage de son sandwich.

— Mais pourquoi ? Pourquoi ne se montrerait-il pas ?

— Je reconnais que je n'en ai pas la moindre idée. Je manque totalement d'éléments pour répondre actuellement à cette question. Je ne peux expliquer que l'origine de son effondrement psychique. Ceux qui disent avoir vu le Fantôme ont tous été frappés par sa laideur. Orphée était-il laid ? Avait-il un handicap physique quelconque ?

— Au contraire. C'était un bel homme. Il avait un grand succès auprès des femmes.

Je secouai la tête, incapable d'éclaircir ce phénomène.

— Peut-être les gens se figurent-ils qu'il est horrible, murmura Ponelle, se parlant à lui-même comme je le fais si souvent.

Sans doute se souvenait-il de la théorie de Béla sur *La Belle et la Bête*, selon laquelle on a tous tendance, et principalement les femmes, à préférer la hideuse créature à sa séduisante réincarnation. Durant quelques instants, je restai silencieux et on n'entendit plus que le bruit de la pluie. Et soudain, je relevai la tête :

— Non, c'est un monstre, on peut en être sûr, et c'est le glissement de terrain qui a fait de lui ce qu'il est devenu ! Comme me voici lent, Ponelle, comme je suis rouillé !

— Comment cela ?

— Rien... Nous autres policiers adorons nous dénigrer. Mais vous pouvez me croire : l'accident a défiguré Orphée. Et c'est pour cette raison qu'il ne quitte jamais l'Opéra et qu'il ne paraît plus en public.

Cette idée mit un certain temps à atteindre son cerveau.

— Mais, vous pensez vraiment qu'une telle chose est possible ?

— Pour le moment, dis-je avec un geste vague, c'est une simple supposition. Je ne fais que poser un postulat, sans preuve. Bien. Supposons donc, pour l'instant, qu'Orphée s'est construit un petit royaume privé dans les entrailles du bâtiment et qu'il s'est arrangé avec la direction pour ses besoins matériels. Il vit tranquillement dans son repaire pendant des années. Tout va bien jusqu'au jour où, voici quelques mois, il entend, puis voit une jeune soprano.

— La Daaé ?

— Il en tombe amoureux et s'en prend à tous ceux qui, volontairement ou non, se placent entre lui et l'objet de sa passion.

Je bourrai ma pipe, indifférent à la mine effarée de Ponelle. Mais une nouvelle interrogation venait de se former dans son esprit.

— Et que faites-vous de Carlotta et de son chat dans la gorge ?

Je craquai une allumette et tirai plusieurs bouffées avant de répondre.

— Avez-vous déjà entendu parler des ventriloques ?

Il secoua la tête.

— C'est un art mystérieux et très ancien, qui remonte au moins à l'époque romaine, mais que pratiquent encore les gitans et les artistes de cirque, une sorte de trompe-l'œil oral. Le mot lui-même indique qu'il s'agit de faire parler son estomac. On l'ignore généralement, mais avec un bon entraînement, on peut « projeter sa voix », c'est-à-dire donner l'illusion qu'elle vient d'un autre endroit. Certains y parviennent sans même remuer les lèvres, mais dans le cas présent, une telle virtuosité n'était pas indispensable. Qui plus est, avec toute la technique de l'Opéra à sa disposition, il ne lui a pas été difficile d'amplifier ses miaulements – en utilisant par exemple les conduits d'aération ou d'autres moyens que nous ne pouvons pas même imaginer. Il a disposé d'années entières pour s'exercer.

Et, disant cela, je me souvins du rire désincarné que j'avais moi-même entendu. Ponelle, lui, commençant à comprendre une bonne partie de mon raisonnement, se mit une main devant la bouche.

— Vous voulez dire que la Sorelli n'avait aucun problème de voix ?

— Pas le moindre. L'infâme n'avait qu'à émettre sa cruelle trouvaille à chaque fois qu'elle ouvrait la bouche pour chanter.

— Mais c'est, en réalité… c'est réellement…

Il chercha le mot exact et rabattit son manteau sur lui, soudain glacé par autre chose que l'humidité du caveau.

— Absurde ? Dites-vous bien, Ponelle, que c'est la seule théorie qui permette de tout expliquer, et en premier lieu sa capacité diabolique à se déplacer à volonté dans l'Opéra, à entendre le moindre chuchotement prononcé par quiconque, et à tout voir, dans le plus reculé de ses coins et recoins. Et pourquoi ? Parce que c'est lui qui les a dessinés. Et d'un certain point de vue, c'est heureux, car cela signifie que, bien qu'il connaisse l'Opéra comme la paume de sa main, son empire a des limites, qui sont justement celles du bâtiment.

Nous restâmes encore quelques instants assis là. Puis Ponelle prit la parole d'une voix altérée, tout en se tortillant contre son mur, mal à l'aise.

— De cela, je suis moins persuadé que vous, commença-t-il, hésitant… Si ce que vous avancez est vrai, évidemment.

— Je ne comprends pas.

— Vous avez entendu parler du baron Haussmann, l'homme des grands boulevards de Paris ?

— Bien sûr.

— Mais peut-être ignorez-vous son second chef-d'œuvre, celui dont il tirait encore plus de fierté.

— De quel chef-d'œuvre voulez-vous parler ?

Ponelle montra le sol du doigt.

— Du plus étendu et du plus moderne réseau d'égouts du monde.

— Quoi ?

— Il couvre tout Paris, du nord au sud et d'est en ouest. Et si Orphée peut l'atteindre…

— Il peut se déplacer en toute liberté sous la ville entière.

— Exactement.

Électrisé par l'angoisse, je me dressai, comme mû par des fils invisibles.

— Où allez-vous donc ? me cria Ponelle comme je m'élançais hors du caveau. Et qu'est-ce que je fais de M. Garnier ?

12

Près du ciel

Hors d'haleine, Ponelle me rejoignit près de la sortie de l'avenue Gambetta... Cette fois, la serrure résista plus sérieusement que celle de la baraque des fossoyeurs. Je ne répondis à aucune des questions que me posa mon compagnon.

— Ne parlez de tout cela à personne, lui recommandai-je comme nous descendions l'avenue à grands pas. Oubliez tout ce que vous avez vu cette nuit.

— Facile à dire ! grogna le pauvre violoniste qui, maintenant qu'une certaine distance nous séparait du tombeau profané, semblait récupérer un peu de son énergie. Nous avons quand même ouvert le cercueil d'un grand homme et nous l'avons laissé en plan.

— Il demeure en terre consacrée, lui rétorquai-je pour le réconforter. Je suis sûr qu'il n'arrivera rien de fâcheux à son âme immortelle. Quant à sa dépouille terrestre, elle vient de seconder la justice. Tenez, voici un fiacre, vous êtes trempé jusqu'aux os. Rentrez chez vous, dormez bien et rendez-vous demain soir au Bal de l'Opéra.

Il avait trop froid et trop sommeil pour protester.

— Qu'allez-vous faire, maintenant ? me demanda-t-il de l'intérieur de la voiture.

— Je suis aussi trempé que vous, lui fis-je remarquer. Allez, fouettez, cocher !

J'eus de la difficulté à trouver un second fiacre à cette heure de la nuit et dans un tel quartier, et c'est frigorifié que j'arrivai chez moi, mais au moins avais-je échappé au feu roulant des questions de Ponelle qui n'auraient pas manqué de devenir embarrassantes.

Une fois rue Saint-Antoine, je quittai mes vêtements saturés de pluie et m'enveloppai dans ma vieille robe de chambre. Comme il me fallait attendre le jour pour poursuivre mes investigations, le mieux était d'essayer de dormir. Mais je m'en sentais incapable. Mon esprit revenait sans cesse sur les éléments que j'avais accumulés et sur l'utilisation que je comptais en faire. Ce n'était pas une petite affaire, Watson. Mon adversaire avait tué près de trente personnes en un clin d'œil, avec aussi peu d'états d'âme que si le lustre avait été une vulgaire tapette à mouches. Il faut que je vous avoue, mon cher ami, qu'à ce point de mon enquête – et ce fut la seule et unique fois – je me pris à rêver à l'apaisante consolation de la piqûre. Étendu sur mon lit, il me semblait sentir la morphine parcourir mes veines en silence et me dispenser sa pacifique torpeur[1]. Et cette rêverie à elle seule m'apporta sans doute un peu de calme car bientôt le jour fut là.

À nouveau, j'avais le temps contre moi. Ma première tentative pour résoudre cette énigme s'était soldée par un échec mais, cette fois, j'étais bien résolu à réussir à n'importe quel prix. Cependant, je ne disposais que de

---

[1]. On croit généralement que Holmes privilégiait l'usage de la cocaïne, mais, avant sa cure de désintoxication auprès de Sigmund Freud, il faut bien reconnaître qu'il n'a pas dédaigné non plus la morphine. Voir *Le Signe des Quatre*.

quelques heures pour exécuter mes plans. Comme vous m'eussiez été utile, docteur, et combien je maudissais les circonstances qui me privaient de votre présence.

Il était quinze heures passées lorsque je me présentai rue Gaspard. En frappant à la porte de Mère Valerius, je fus désolé de constater un fait qui m'avait totalement échappé lors de ma première visite. Trop impatient d'interroger Mlle Daaé, je n'avais pas remarqué que l'appartement qu'elle partageait avec la vieille infirme était situé au rez-de-chaussée. Détail pratique pour Mère Valerius qui, sans cela, n'aurait pu entrer ou sortir de chez elle sans assistance, mais, d'un autre côté, n'importe qui pouvait écouter ce qui se disait chez les deux femmes. Fort de la révélation de Ponelle concernant le réseau d'égouts, j'imaginais parfaitement le Fantôme, l'Ange, Nobody, le répétiteur du rossignol, Orphée (il possédait désormais une liste de pseudonymes aussi longue que mon bras), dissimulé sous la chambre à coucher de Christine, et pourquoi pas équipé d'un appareil aussi simple qu'un stéthoscope de médecin appliqué sur le plafond pour recueillir le moindre mot prononcé par la pauvre fille. Pas étonnant qu'il fût au courant de ses pensées les plus intimes ! Il est inutile que je précise à l'homme de l'art que vous êtes, Watson, que lorsqu'on se trouve dépossédé d'un sens, les autres se développent pour compenser sa défaillance. Enseveli dans une quasi-obscurité perpétuelle, le monstre devait avoir acquis une finesse auditive redoutable.

Elle refusa d'abord de me recevoir. La petite bonne vint m'informer que les deux dames étaient indisposées. J'ai bien peur de ne pas m'être conduit irréprochablement avec elle car (une fois de plus) j'employai la force pour entrer. Je ne m'arrêtai que dans la chambre de Mère Valerius qui me supplia de ne pas aller plus loin.

— Deux jours ! Je ne l'ai jamais vue comme ça, monsieur. Elle est malade, trop malade pour vous parler ! dit-elle avec une conviction qui faillit être préjudiciable à sa coiffe de dentelle.

— Je n'ai pas d'autre choix que celui d'insister, madame, je le crains. Je comprends bien que Christine est malade, mais si elle veut recouvrer la santé, elle doit absolument me faire confiance.

Son visage exprima une profonde surprise.

— Vous êtes médecin ?

— Dans le cas présent, je sais parfaitement comment la guérir, madame.

Je lui baisai la main et m'éloignai avant qu'elle ne me demandât mes références. Je trouvai Christine étendue sur son petit lit, dans la robe d'intérieur bleu nuit que j'avais déjà admirée. Les cheveux défaits lui tombant sur les épaules, un bras ramené devant ses yeux, elle était en larmes.

— Christine.

— Allez-vous-en !

— Pas sans vous.

Reconnaissant ma voix, elle retira brièvement son bras pour me regarder de ses yeux noyés, puis le remit en place et s'enfonça dans les plis de son oreiller.

— Allez-vous-en, répéta-t-elle, étouffée de sanglots.

— Si je vous obéissais, Mlle Irene Adler ne me le pardonnerait pas.

Mais la mention de sa fidèle amie ne suffit pas à lui rendre espoir.

— Je suis perdue...

— En effet... sauf si vous suivez mes instructions à la lettre.

— Ça ne servira à rien.
— Faites ce que je vous dis !

Quelque chose dans mon ton la fouetta. Elle se dressa sur un coude avec une expression de défi et rejeta ses cheveux en arrière.

— Il n'a rien fait de mal ! C'était un accident !
— Alors pourquoi pleurez-vous ?

Je ne lui laissai pas le temps de répondre et enchaînai :

— D'ailleurs, vous savez parfaitement que c'est faux. Ne m'avez-vous pas dit que Nobody vous avait promis que votre prestation serait un triomphe à tout casser ?

Ses traits se crispèrent et je crus qu'elle allait s'évanouir. Je la pris aux épaules et la secouai énergiquement.

— Habillez-vous. J'ai besoin de vous.
— Où m'emmenez-vous ? demanda-t-elle alors que je l'aidais à monter dans le fiacre qui m'attendait à la porte.
— Aussi loin de la surface de la terre que possible.

Elle ouvrit de grands yeux mais ne parla plus durant tout le trajet. À peine s'intéressa-t-elle à la ville autour de nous ; mais, à chacun de ses regards, elle marquait la surprise des gens qui ne sortent jamais, Watson. Il avait fait d'elle sa créature au point qu'elle ne connaissait la vie qu'à travers lui. Sa petite chambre, ses études, le chemin de chez elle à l'Opéra et vice versa, ses représentations soigneusement sélectionnées. Telles étaient les limites qui enserraient son âme délicate. Son existence était une reproduction de celle de son mentor. Tous deux étaient entourés de murs. Pour lui, ils étaient constitués de pierres, pour elle, les bornes de son esprit infantilisé en faisaient office.

Lorsque l'équipage s'arrêta et que je la soutins pour mettre pied à terre, elle leva la tête, livide.

— Qu'est-ce que c'est ?

Des nuages blancs couraient dans le ciel d'azur, au-dessus de la haute flèche métallique.

— Vous le savez bien. Vous l'avez vue maintes fois. Elle est visible de tout Paris, dis-je en lui prenant doucement mais fermement la main tandis que je payais le cocher.

Elle était farouche comme un cheval sauvage. Toute image nouvelle, tout bruit inconnu agaçait ses nerfs fragiles. Une fois dans l'énorme ascenseur avec une douzaine d'étrangers, je la sentis vibrer contre moi comme un diapason et, laissant échapper un petit cri, elle enfonça ses doigts dans mon bras lorsque la machine démarra.

Au premier niveau, nous passâmes dans un ascenseur moins spacieux. Elle me suivait, muette de terreur, tandis que la dentelle de fer défilait devant la fenêtre, de plus en plus légère au fur et à mesure de notre ascension.

Il y avait un troisième ascenseur, de moitié plus étroit que le précédent, et pendant un instant, j'hésitai à aller plus haut, mais il y avait encore trop de monde à mon goût. Je voulais pouvoir surveiller tous les gens qui nous entouraient. Rien ne prouvait qu'une créature du monstre ne nous suivait pas. Quelqu'un devait bien en effet lui livrer ce qu'il achetait avec ses mensualités – sinon, comment se serait-il nourri, et comment se serait-il procuré les pièces nécessaires à l'assemblage de son orgue ?

Elle tremblait comme une feuille lorsque nous parvînmes au sommet, mais se laissa entraîner dans le petit escalier qui conduisait à la terrasse extérieure où le vent vint s'attaquer à la bordure de son bonnet.

— Pourquoi m'avez-vous amenée ici ?

Elle essaya de fermer les yeux au spectacle de Paris qui se déployait partout autour de nous, mais cette tentative dut compromettre son équilibre car elle les rouvrit aussitôt.

— Parce qu'ici, nous échappons à son pouvoir. Plus nous approchons du ciel, moins il a de prise sur vous.

— C'est un ange !

— D'après ce qu'on raconte, ce sont les démons et non les anges qui élisent domicile sous terre.

— Mais son opéra, *Le Triomphe de Don Juan*, son chef-d'œuvre… Il est pratiquement achevé.

— Il est déjà achevé. Christine, voici le monde pour lequel vous êtes née, dis-je en montrant l'horizon. Un monde de soleil, de rires, de gens, un monde avec Raoul. Aucun ange n'aurait la cruauté de vous demander de renoncer à ce bonheur auquel tout être humain aspire.

— Qu'attendez-vous de moi ?

— Je veux que vous chantiez ce soir, au gala qui suivra le Bal de l'Opéra.

— Jamais !

— Il le faut !

— Mais je ne pourrai même pas produire un seul son, je vous assure. Sans le soutien de mon ange, c'est impossible !

— Regardez cette ville magnifique ! Regardez le ciel bleu et le soleil, et osez me dire que vous avez besoin d'autre chose que de votre génie propre, Christine. Vous êtes victime d'une manipulation. Votre art vous appartient et vous êtes capable de chanter, qu'il le veuille ou non.

— Mais vous avez bien vu ce qui est arrivé à Carlotta ! Vous avez bien entendu !

— Je vais vous démontrer que Carlotta n'a pas eu de chat dans la gorge.

J'essayai de lui livrer les secrets de la ventriloquie, mais elle se boucha les oreilles à deux mains.

— Je ne comprends rien à vos paroles, protesta-t-elle, frénétique. Vous utilisez des mots trop savants !

— Alors vous allez comprendre ceci, m'écriai-je en lui saisissant les poignets. Votre seule chance d'être libre et heureuse est de briser la chaîne artificielle qui vous lie à ce Lucifer !

Elle ne répondit rien, puis fit quelques pas vers le garde-corps. Je restai en alerte, prêt à bondir sur elle dans le cas où l'idée l'aurait prise de l'enjamber[1].

Elle demeura là, immobile, me tournant le dos.

— Vous me demandez de le trahir, dit-elle enfin d'une voix blanche, comme si le monde entier venait de s'effondrer autour d'elle.

— Je veux que vous l'attiriez hors de sa cachette, oui !

— Êtes-vous seulement sûr qu'il en sortira ?

— Il sait que je vous ai éloignée de lui. Il voudra voir par lui-même où vous êtes et ce qui vous est arrivé. Et, en outre…

— Oui ?

— Il est incapable de résister à la tentation du spectaculaire. C'est indissociable de sa structure mentale.

Il y eut un nouveau silence interminable. Elle ne se retournait toujours pas. Lorsque enfin elle parla, sa voix était celle d'une mourante.

— Dites-moi exactement ce que vous voulez que je fasse.

---

1. Il fallut déplorer plusieurs suicides avant que des modifications soient apportées à la tour Eiffel pour décourager les candidats au saut dans le vide.
Plus tard, également, le nombre d'ascenseurs pour atteindre le sommet passa de trois à deux.

13

Un bal masqué

Aujourd'hui, Watson, le Bal masqué de l'Opéra est plutôt ce qu'on appelle une « œuvre de bienfaisance », et d'aucuns affirment que cette altération bourgeoise vide l'événement de tout son charme. Voici vingt ans, lors de la dramatique soirée dont je vous parle aujourd'hui, le Bal de l'Opéra vivait ses derniers beaux jours, seul rescapé pratiquement d'un calendrier mondain naguère florissant. Notre puritanisme victorien allait bientôt traverser la Manche (malgré les efforts du joyeux prince de Galles) et assécher les rivières de permissivité qui baignaient jadis les nuits des classes aisées. Certains témoins vous diront que les plaisirs de la respectabilité ont tué les vrais plaisirs.

Puisque le Bal de l'Opéra d'autrefois était organisé par et pour l'Opéra, le théâtre en était le centre. La soirée voyait par conséquent le grand et le demi-monde se côtoyer et même se mêler publiquement. Après tout, les chanteurs appartenaient à la grande famille des saltimbanques et Henry Irving n'avait pas encore été anobli, conférant à la profession un indéniable prestige. Ce n'était pas par fantaisie personnelle que l'aîné des Chagny avait désapprouvé le coup de cœur de son jeune frère pour une soprano, mais par un réflexe de classe. Peut-être se serait-il montré plus compréhensif devant une vulgaire liaison. C'était l'amour qui méritait le blâme.

Cependant, au Bal de l'Opéra, de telles distinctions n'existaient pas. Non seulement les participants ne se souciaient plus de leur position sur l'échelle sociale, mais encore ils portaient un masque, et cet anonymat encourageait toutes les combinaisons.

À propos d'anonymat, Watson, il faut que je vous dise que j'ai observé, à cette occasion, toutes les sortes de libérations qu'il favorise. C'est proprement vertigineux. Au début de cette histoire, j'ai évoqué les étranges sensations que me procurait mon incognito et toutes les possibilités qui s'ouvraient devant moi. Eh bien ! c'était fort peu de chose en regard de ce qui se produit lors d'un bal masqué. Après tout, moi, je n'avais fait que me présenter comme violoniste et, nous l'avons vu, mon vrai métier n'avait pas tardé à me rattraper. Il est certain que lorsqu'on se dissimule longtemps, la véritable nature finit toujours par ressurgir, ce qui n'est pas le cas quand on ne se cache que quelques heures. Le changement peut alors s'avérer beaucoup plus radical.

Et là, dans ce bouillonnement du Bal de l'Opéra, le port d'un loup, à lui seul, semblait suffire à ouvrir les vannes de toutes les licences. Les caractères les plus réservés se montraient soudain capables (avec l'aide d'une ou deux coupes de champagne) des plus folles audaces. Les jours suivants, ils s'émerveilleraient encore de leur hardiesse. Et puis il y avait les autres, ceux qui avaient l'habitude du phénomène et qui savaient par avance ce qu'ils pouvaient espérer d'une telle soirée. Ils échafaudaient des plans et se tenaient prêts à tirer parti de la moindre opportunité.

Pour que vous n'alliez pas m'accuser d'exagération, mon cher ami, je prendrai quelques exemples dans le répertoire pour illustrer ma thèse. *La Chauve-Souris* du jeune Strauss vient tout de suite à l'esprit puisque c'est justement à l'occasion d'un bal masqué qu'un homme marié tout à fait responsable entreprend de séduire sa propre épouse, également déguisée – comme elle s'est travestie en chanteuse, il ne se gêne pas pour se conduire de façon scandaleuse avec elle. On retrouve le même ressort chez Mozart dans *Figaro*, *Don Giovanni* et *Così fan Tutte*, même si les buts sont plus élevés. Quant à Verdi, il l'utilise presque partout.

Le Bal de l'Opéra était composé de trois parties (comme la Gaule, vous entends-je préciser, Watson !). La première se tenait dans le grand hall et sur l'escalier monumental. On y buvait, on y liait connaissance, on y dansait avant de passer au deuxième événement, le Gala de l'Opéra pour lequel les invités se muaient en spectateurs, qui se déroulait dans la salle et auquel les plus grands artistes prêtaient leur concours. Ensuite, tout le monde regagnait le hall où, pendant le spectacle, on avait dressé des tables pour un immense souper.

Que de gens, couples ou célibataires, parisiens ou provinciaux, auraient tout donné pour recevoir la faveur du bristol couvert de son écriture presque indéchiffrable ! Ceux qui avaient cette chance, les plus puissants et les plus riches, se précipitaient alors qu'il ne leur serait jamais venu à l'idée, par ailleurs, d'aller écouter le moindre opéra. Ça les changeait de la chasse.

En tant que membre de l'orchestre, mon invitation était automatique, et je limitai mon déguisement au strict minimum : tenue de soirée et loup noir. Je n'étais pas le seul dans ce cas. Beaucoup d'hommes avaient préféré ne pas s'encombrer de costumes volumineux. Un simple masque faisait tout aussi bien l'affaire et servirait tout aussi bien leurs desseins, pourquoi chercher des complications ? Mais j'avoue que mon choix n'était pas totalement libre. Maître Leroux avait donné des consignes vestimentaires non négociables aux musiciens qui devaient jouer un peu plus tard.

Cependant, nous étions en minorité. La plupart des invités avaient eu recours à toutes sortes de travestissements. Je vis des Arlequin et des Colombine, des Marie-Antoinette (avec des vaisseaux toutes voiles dehors dans les cheveux), au moins six Napoléon, trois Jeanne d'Arc (dont l'une était ligotée à un poteau d'exécution qu'elle traînait dans son dos !), plusieurs Pierrot, un cardinal de Richelieu, un Henri IV, deux Roi-Soleil, des guerriers aztèques, des vierges grecques, des sénateurs romains et divers représentants du règne animal – un lion, un vautour (d'une envergure considérable) et même un griffon, sans parler des singes, des chevaux et des vaches (qui nécessitaient deux servants pour se mouvoir). En outre, il y avait des géants sur échasses (qui avaient l'avantage de dominer la foule) ainsi que des nains et des lutins, qui se déplaçaient à genoux en maudissant l'idée qui leur était venue de s'enterrer vivants dans une forêt de jambes.

Certains, particulièrement hardis, apparurent en Adam et Ève ou en Lady Godiva, avec, aux endroits requis par la décence, de longues tresses et des feuilles de vigne (ce qui, concernant Adam et Ève, semblait indiquer qu'ils avaient choisi de saisir leurs personnages après la Chute). Je m'émerveillai du sang-froid des gardes républicains qui réussissaient à conserver leur impassibilité face à toutes ces tentations dans la bousculade de cette foule grouillante.

Je reconnus certaines personnes malgré (ou grâce à) leur déguisement. Ainsi, Moncharmin et Richard s'étaient attifés respectivement en clown et en bouffon, et, à mon avis, sans la moindre intention ironique. Les danseuses du corps de ballet, y compris la rusée petite Jammes et Meg Giry, sa rivale, n'avaient pas hésité (fallait-il s'en étonner?) à revêtir leur tutu pour profiter de cette occasion de montrer leurs jolies jambes à leurs admirateurs empressés.

Tout ce monde s'entassait au point parfois de ne plus pouvoir bouger et engendrait un jaillissement de couleurs qui aurait sans doute passionné Degas, s'il avait été là. Et puisque j'en parle, je suis certain que parmi nous se dissimulaient plusieurs peintres qui, le lendemain, entreprendraient de jeter leurs souvenirs sur la toile. La cacophonie des cris et des rires couvrait sans peine la musique que dispensait une petite formation installée en haut du grand escalier. Seul l'écho d'une trompette ou d'une grosse caisse parvenait de temps en temps à percer le chahut.

La chaleur était infernale et, bien que le hall fût immense (il donnait l'impression que quelque cerveau embrumé avait brassé la gare de Paddington avec un tombeau grec avant de saupoudrer l'ensemble de mosaïques de Ravenne), l'entassement des corps et le mélange des parfums vous faisaient croire que vous étiez égaré dans quelque bain turc confié à un administrateur fou. Même les prévoyants qui s'étaient présentés presque nus ruisselaient de transpiration. Et en même temps, vous aviez la certitude que l'endroit avait été construit précisément pour abriter une telle manifestation.

Pour couronner cette image du chaos parfait, deux nymphes engagées pour l'occasion, prétendument habillées de toges et occupant des petits balcons surplombant la marée humaine, lançaient méthodiquement des confettis multicolores qu'elles puisaient dans de grands paniers attachés à leur taille. Elles s'exécutaient la tête vide mais avec une régularité teutonne, si bien qu'une véritable averse rouge, bleue, jaune, rose et blanche s'abattait sur les participants, pénétrait dans les bouches ouvertes, se fichait dans les coiffures et venait se coller aux épaules nues.

Comme je le lui avais promis, je ne quittai pas des yeux une certaine bergère à jupe jaune et corsage bleu bordé de rouge. Elle avançait timidement, se frayant un chemin à l'aide de son long bâton. Elle ne regardait personne, se déplaçant comme dans un rêve, avec seulement quelques mouvements de tête de temps à autre. Elle ne relevait pas les flatteries et autres grivoiseries qui l'accompagnaient, mais il lui arrivait de sursauter à la verdeur de certains propos. Pauvre Christine ! Où allait-elle ? Hélas, elle n'en avait pas la moindre idée. Tout ce qu'elle savait, c'est que son mentor ne devait pas se trouver bien loin.

Petit à petit, je pris conscience que je n'étais pas seul à la suivre. Un grand Pierrot à masque blanc, avec une larme noire peinte sur la joue gauche, se rapprochait insensiblement de la bergère. Était-ce ma cible ? Je m'élançai aussi vite que je le pus, mais j'avais compté sans la force d'inertie de la foule qui me barrait la route comme un véritable mur de briques.

Par-dessus les têtes, je le vis l'aborder, lui saisir le bras et lui parler à l'oreille.

Elle sembla se raidir, mais déjà il l'enlaçait. Les efforts qu'elle fit pour se dégager et dont témoignait la grimace de sa bouche, au-dessous du loup, ne suffirent pas à la libérer.

— Christine ! appelai-je à travers le brouhaha, mais en vain.

Il l'entraînait déjà et bientôt ils disparurent, comme happés par le tourbillon d'un fleuve.

Maudissant mon inconséquence, je me jetai en avant, bousculant, frappant les gens pour essayer de combler mon retard.

Alors que je jouais des coudes, un cri strident retentit et imposa silence à tout le monde.

C'était la petite Jammes, perchée sur les épaules d'un Hercule de foire, qui tendait un doigt tremblant.

— Le Fantôme ! prononça-t-elle avant de se remettre à hurler comme une furie.

— Le Fantôme ! reprit en écho une autre voix que j'identifiai comme étant celle de Meg Giry, princesse des Indes blottie dans les bras d'un pasteur à barbe grise.

Tout le monde regarda dans la direction indiquée par Jammes, et la foule entière resta pétrifiée.

En haut du grand escalier se tenait une silhouette massive, tout en rouge, avec une tête de mort surmontée d'un chapeau à plume écarlate. Même de l'endroit où je me trouvais, je pus distinguer, derrière le masque, la lueur malfaisante de ses yeux.

— La mort rouge ! lança quelqu'un, et plusieurs personnes obligeantes ajoutèrent leurs hurlements à ceux de Jammes.

Un cri de détresse me cingla. J'avais reconnu la voix de Christine. Un frisson me parcourut et ma décision fut prise quant à la proie sur laquelle je devais fondre. Ce n'était pas Pierrot. Lui était un homme ordinaire, sans doute le serviteur zélé du monstre dont j'avais pressenti l'existence. En revanche, le géant en haut de l'escalier, aussi immobile qu'une statue d'acier, c'était bien lui, l'âme damnée du rossignol.

Le seconde d'après, je bondis à la poursuite de cette créature qui n'avait pas hésité à tuer aveuglément et qui maintenant manigançait l'enlèvement de Christine. Bannissant cette fois toute politesse, je plongeai dans la mêlée et écartai les obstacles comme de vulgaires allumettes. Un instant encore, le Fantôme rouge resta sans bouger, puis il pivota dans un large mouvement de cape et s'éloigna.

Le moment de stupeur était passé. Un rire libéra tout le monde. L'orchestre se remit à jouer et la foule à piétiner en direction de nulle part.

C'est alors que, du coin de l'œil, je pus apercevoir Pierrot lâcher Christine et entreprendre de rejoindre son maître, bousculant quiconque avait la malchance de croiser sa route.

Pour la majorité des gens, ces accrochages ne faisaient qu'ajouter au jeu et à la joie générale. Pour ma part, comme vous pouvez l'imaginer, Watson, je n'avais aucune envie de m'amuser. Comprenant que je n'arriverais pas à vaincre cette houle vivante, je choisis d'emprunter l'escalier opposé où la foule était moins dense. Je parvins en haut, juste à temps pour voir mon géant rouge disparaître dans un corridor cinquante mètres plus loin. Je courus comme jamais je n'avais couru de ma vie, je vous prie de le croire, écartant de mon chemin musiciens et instruments, et atteignant l'angle à l'instant où, de l'autre côté du théâtre, un pan de cape redescendait.

J'entendais bien quelques cris et divers bruits derrière moi, mais je n'y accordai aucune attention, tout entier obnubilé par le but que je m'étais fixé. Je savais très bien où allait la crapule et, au lieu de perdre du temps à la poursuivre, je décidai de revenir sur mes pas pour rejoindre une porte qui, d'après mes souvenirs, conduisait aux loges.

Mon intuition fut récompensée car je les vis tous les deux – le géant précédant le Pierrot – se hâter dans le couloir, devant moi. Le claquement de mes bottines résonnait dans l'étroit passage comme des coups de pistolet. J'accélérai encore et mes poumons étaient sur le point d'éclater lorsque, l'un derrière l'autre, ils s'engouffrèrent dans la loge de Christine Daaé.

Suffoquant comme un noyé, je franchis la porte à la suite du Pierrot, juste à temps pour être aveuglé par le reflet d'un miroir... Et contre toute attente, je me retrouvai seul, à essayer de reprendre souffle, la bouche écumante au-dessous de mon loup.

Comme je restai là, plié en deux, les cris qui m'accompagnaient s'amplifièrent. La porte de la loge fut ouverte avec une telle violence qu'elle rebondit contre le mur. En moins de temps qu'il ne faut pour le dire, une demi-douzaine d'hommes se ruèrent dans la pièce et deux d'entre eux s'emparèrent de moi sans ménagements tandis que le troisième m'arrachait mon masque.

— Monsieur Sigerson! s'exclama Moncharmin en ôtant son propre déguisement. Que signifie?

— Vous connaissez cet individu? demanda un domino de soie de haute taille.

Il mit lui aussi son visage à nu, révélant une mine dure et sévère soulignée d'une fine moustache.

— Parfaitement, monsieur Mifroid, répondit Ponelle en me regardant d'un air coupable, son honnête face brouillée par la consternation. C'est l'homme qui prétend enquêter sur le meurtre de Joseph Buquet sous vos ordres – mais qui a été engagé à l'Opéra trois semaines avant le meurtre. J'étais certain que quelque chose ne tournait pas rond.

Et, disant cela, il semblait vouloir se justifier à mes yeux plutôt qu'à ceux du policier français.

— Je vois, dit Mifroid en s'approchant de moi.

Je ne pus que souffler comme un cheval fourbu tandis qu'il me jaugeait d'un œil de hyène, un rictus imperceptible au coin de la bouche.

— Permettez-moi de vous expliquer…, commençai-je.

Mais je ne pus continuer. La foule voulait du sang.

— Il a essayé d'obtenir les plans complets du bâtiment ! cria l'un d'eux.

— Il a tenté d'enlever Christine au bal ! lança un autre.

— Il s'est jeté sur Mlle Adler ! se souvint un troisième.

— Écoutez-moi, messieurs, je vous en prie.

— Taisez-vous, monsieur Sigerson, vous êtes en état d'arrestation.

14

Les Enfers d'Orphée

— Bonté divine ! laissez-moi donc vous expliquer, m'écriai-je en essayant vainement de me dégager. Pendant que nous perdons du temps, une tragédie risque de se produire.

— Une tragédie s'est déjà produite, me rappela Mifroid tout en entreprenant de me fouiller.

Ma position était intenable, Watson. L'un après l'autre, ils témoignèrent tous contre moi, se souvenant des questions que j'avais posées, des théories que j'avais échafaudées pour les justifier, mon absence de l'orchestre le soir où le lustre s'était écroulé, et un millier d'autres détails insignifiants pris séparément mais qui, articulés, semblaient constituer un tout cohérent et faire de moi un portrait des plus accablants. Moncharmin et Richard, ridicules dans leur accoutrement, me proclamèrent solennellement coupable et racontèrent ma visite à leurs bureaux qu'ils voyaient maintenant émaillée de menaces de ma part. Les deux scélérats, poussés par une ruse assez basse, avaient bien compris les avantages qu'il y avait à désigner un coupable, n'importe lequel de préférence, avant que les plaintes ne commencent à pleuvoir sur la maison.

Je ne m'étais encore jamais trouvé dans une situation aussi fâcheuse. Si l'urgence n'avait pas été si grande, on aurait pu en rire. Mais j'ignorais où avait pu passer Christine Daaé, or elle devait chanter bientôt et je lui avais promis ma protection. Et voici que le destin me lançait dans les jambes le seul obstacle auquel je n'avais pensé ni de près ni de loin.

On me propulsa sans cérémonie dans la foule qui encombrait maintenant le couloir des loges et qui semblait infranchissable. Je ne doutais pas que dès que j'aurais quitté les locaux, rien ni personne ne serait plus en mesure de s'interposer entre Christine Daaé et le courroux de son ange fou.

Et là, Watson, je payais le prix terrible de mon incognito. À la minute même où il m'aurait été si salutaire de clamer ma véritable identité, je devais m'interdire de recourir à cet atout.

— Où m'emmenez-vous?
— Au commissariat.

Je renouvelai mes protestations, mais cette fois personne ne prit seulement la peine de me répondre.

Nous parvînmes, je ne sais comment, au bout du couloir et nous nous engagions dans l'escalier lorsque la Fortune, toujours aussi capricieuse, en décida autrement.

— Où pensez-vous aller avec cet homme? émit une voix de *basso profundo*.

Barrant le passage, les mains sur les hanches, sa tête énorme dominant de sa mine implacable son torse imposant, se dressait maître Gaston Leroux. Je dois admettre que je n'avais jamais rencontré quelqu'un avec autant de plaisir.

— Nous le conduisons...
— Taisez-vous. Cet homme n'ira nulle part, affirma-t-il en balayant le groupe d'un regard féroce.

— Mais...

— Je suis Gaston Leroux, rugit-il. Je suis responsable de tout ce qui se passe ici. Du moindre détail. J'ai le pouvoir absolu.

Cette tirade familière me fit soupirer d'aise, mais Mifroid n'était pas homme à se laisser intimider.

— Je vous demande pardon, cher maître, dit-il d'un ton de mépris qu'il n'essayait pas de travestir, mais ce monsieur appartient à la loi.

Leroux ajusta son pince-nez et lança au policier un coup d'œil glacé.

— Vous êtes dans l'erreur, monsieur, attaqua-t-il d'une voix de stentor, pour bien montrer qu'il n'entendait pas être interrompu. Permettez-moi de vous ôter cette idée de la tête. Ce monsieur appartient à ma brigade de premiers violons et le Gala de l'Opéra nous attend. Que les choses soient claires une fois pour toutes : je me fiche du Fantôme. Je me fiche des meurtres, de la loi et de toutes ces pécadilles qui vous occupent. Ce sont vos affaires. Si vous souhaitez flanquer cet homme d'un garde tandis qu'il s'acquitte de ses devoirs envers moi, libre à vous, mais (et il donna à ce mot de terribles accents)... mon travail, mon seul souci, ma religion et mon honneur, c'est de faire de la musique, et quiconque espère perturber cette mission devra me passer sur le corps.

Il se tut, défiant une éventuelle contestation. Même Mifroid semblait ébranlé par la péroraison de Leroux.

— Est-ce qu'un seul violon en moins fait une telle différence ? osa-t-il toutefois demander en marmonnant.

— La dernière fois que cela s'est produit, le lustre est tombé du plafond, répliqua Leroux très poliment.

— Sigerson n'y était pour rien, s'empressa de témoigner Ponelle, désireux de remonter son handicap après sa dénonciation. Il ne savait même pas comment grimper sur le toit.

— Mais il y est monté, rappela Mifroid en triturant le bord de son chapeau avant de renoncer à l'affrontement. Très bien, cher maître. Je me soumets à la dictature de l'art et j'autorise monsieur à jouer, mais sous bonne garde, c'est bien compris, sous bonne garde !

Leroux inclina sa lourde tête pour sceller le contrat.

— Et ensuite, il devra m'accompagner, annonça Mifroid suffisamment fort pour être entendu de tout le monde.

— Merci, parvins-je à souffler au chef en passant alors qu'on m'entraînait.

— Merci à vous, me lança-t-il, pour avoir sauvé la vie d'Irene Adler, la plus jolie mezzo-soprano de notre époque.

Je réintégrai bientôt mon cadre familier. Là où, plusieurs semaines durant, j'avais tenté de me réinventer. Et c'est là qu'il me faudrait dresser l'ignominieux bilan de mon entreprise. J'étais arrivé dans cette fosse en détective repenti, avec l'espoir de me sauver par la musique, et je m'apprêtais à en sortir dans la peau d'un imposteur, mis aux arrêts et accusé de meurtre.

En réalité, je le sais bien, Watson, le tableau n'était pas aussi noir. On me donnerait un avocat, je ferais citer des témoins de moralité qui traverseraient la Manche pour apporter la preuve de mon identité – par exemple, vous, mon cher ami –, des témoins qui seraient surpris de me revoir en vie. La tapisserie finirait par être entièrement reconstituée, fil après fil.

Mais en attendant, la pauvre femme à qui j'avais promis protection, que j'avais eu tant de mal à convaincre de m'accorder sa confiance et de chanter ce soir, allait se retrouver dépourvue de l'aide que je lui avais garantie.

La partie gala du Bal de l'Opéra débutait. Les fêtards, qui avaient étanché leur soif à coup de coupes de champagne et s'étaient épuisés à piétiner, presque sur place, pendant près de trois heures, n'étaient pas mécontents de cette occasion de s'asseoir, même si la contrepartie consistait à écouter une heure durant des extraits de musique sérieuse. Leur ébriété ne décourageait pas la manie de la perfection de maître Leroux. Ivres ou non, ils entendraient ce que l'orchestre de l'Opéra pouvait offrir de mieux. Comme il le disait lui-même, c'était là sa raison d'être.

Le cratère causé par l'impact du lustre parmi les fauteuils du parterre avait été tant bien que mal réparé par des ouvriers qui avaient travaillé vingt-quatre heures sur vingt-quatre. La remise en état définitive n'interviendrait qu'après la fin du Gala, mais on avait remplacé les tapis et passé un peu de peinture dorée par-ci par-là.

Par tradition, le programme du Gala n'était pas communiqué à l'avance. Nous autres, les exécutants, étions évidemment au courant, mais le public n'avait reçu aucune brochure. Aussi maître Leroux se réservait-il le privilège d'annoncer – ou non – les surprises.

Comme la source principale de lumière avait été détruite, ce qui restait de l'éclairage de la salle ne servait pas à grand-chose. On avait eu l'idée d'utiliser des torches vives tenues par des hommes en livrée et qui métamorphosaient le lieu en un espace irréel et presque barbare, comme si le public était admis dans un amphithéâtre romain ou dans une immense fosse aux lions.

Conscient de l'état d'échauffement général, Leroux ne présenta pas le premier morceau. Il se contenta de donner le signal et le rideau s'ouvrit sur le « Chœur des soldats » de *Faust*.

C'était exactement ce dont les invités avaient envie. Les applaudissements fusèrent et certains se mirent à chanter tandis que d'autres, ignorant les paroles, sifflaient ou fredonnaient.

Immédiatement derrière, sans transition, l'orchestre interpréta la « Marche de Rakoczy » tirée d'un autre *Faust*, celui de Berlioz. Ce morceau extraordinaire eut la vertu de conduire le public à l'enthousiasme, et l'ovation qui s'ensuivit indiqua au chef que les fêtards étaient désormais tous derrière lui. Ils croyaient bien le connaître, leur bon Leroux.

Le maître avait prévu cette réaction et entendait prendre le public au dépourvu. Le rideau s'ouvrit à nouveau mais cette fois sur le plateau entièrement désert. Et le grand Plançon fit son entrée, en costume de Méphistophélès, pour défier le ciel avec le prologue d'un troisième *Faust*, celui de Boito. « *Ave Signor* », entonna-t-il, moqueur.

Dès l'instant où résonnèrent ces premiers mots, je sus – tout comme Leroux et quelques autres – que ce n'était pas Plançon. Même avec la meilleure volonté, on ne pouvait attribuer cette voix de tonnerre au célèbre baryton. La puissance terrifiante, Watson, la véritable diablerie qui émanaient de ce Lucifer provocateur crachant sa malédiction, étaient un vitriol si violent et si dévastateur que je souhaite ne plus jamais l'entendre de ce côté-ci de l'enfer.

— Mais qui est donc ce démon ? s'exclama Ponelle.

Leroux s'épongea le front, seul signe de son propre étonnement, mais il continua à diriger. Il avait beau ne pas s'intéresser aux fantômes, il savait discerner le génie lorsqu'il lui était donné de le rencontrer.

Les exclamations de stupeur venant du public me prouvèrent que nous n'étions pas les seuls à nous être aperçus de quelque chose. Sur ma gauche, les yeux de Béla semblaient vouloir lui sortir de la tête. Je n'avais pas besoin de voir qui chantait pour comprendre qu'il s'agissait du protecteur du rossignol en personne – le Fantôme, Nobody, Orphée, l'Ange de la Musique –, tous ses titres maintenant tissés ensemble triomphalement ! Comme j'aurais aimé lui bondir dessus, mais c'était hors de question. Je jouais sous l'œil de deux hommes de la Préfecture que laissait totalement froids ce qui pouvait se passer sur scène. Ils savaient où était leur devoir et obéissaient comme des bûches qu'ils étaient. Peut-être même étaient-ils sourds.

À la fin de l'aria, le public garda un silence médusé. Méphisto, sans ôter son masque de mort, salua et, ramassant le pan de sa lourde cape, sortit d'une démarche hautaine qui interdisait toute acclamation.

Qu'était devenu Plançon ?

Et où diable était Christine ? Avait-elle entendu chanter Nobody ? Ou bien s'était-elle enfuie dès son apparition en haut du grand escalier ?

À moins qu'on ne lui en eût pas laissé le temps ? Le monstre l'avait-il séquestrée avant de se présenter sur le plateau ? L'angoisse me tenait entre ses doigts de glace comme dans un étau. C'était une peur très particulière, Watson, celle qui s'abat sur sa victime comme le gel, qui lui paralyse les jambes au point que poser un pied devant l'autre devient un véritable tour de force. Et, malgré mes meilleures intentions, je restai là à jouer du violon comme un automate.

— Je suis désolé, me souffla Ponelle pendant les applaudissements.

— Ce n'est pas votre faute, mon cher ami. Vous avez fait ce que vous jugiez bon, répondis-je comme j'aurais récité un texte appris par cœur.

— Je ne m'expliquais pas votre histoire, voyez-vous, précisa-t-il. Je me souvenais parfaitement que vous étiez là bien avant le meurtre de Buquet – et puis ensuite, il y a eu cette folle équipée au Père-Lachaise.

— Je comprends très bien.

Et, en vérité, comment pouvait-il en être autrement ? Si j'avais été à la place de Ponelle, qu'aurais-je pensé d'un individu qui aurait essayé de me faire avaler un mensonge aussi énorme ? C'était bon pour Debienne et Poligny, que Ponelle considérait comme des imbéciles. Mais Ponelle lui-même était loin d'être idiot, et j'avais eu tort de le mésestimer.

Je remarquai que les torches avaient beaucoup diminué. Il fallait se féliciter qu'elles n'eussent pas mis le feu au bâtiment. Bientôt, seule la scène serait éclairée. De toute façon, comme l'avait dit Irene Adler, quoi qu'il advienne, le spectacle doit continuer. Même maintenant, après l'inquiétante disparition de Plançon et son remplacement sensationnel mais inexplicable, le programme se poursuivait sans le moindre changement de rythme ni de contenu, comme un train lancé sur ses rails et suivant sa feuille de route.

Et ce fut le tour du plus gros succès de la saison : le ballet sur glace de l'acte III du *Prophète*. Pendant ce numéro, les machinistes jetèrent depuis les cintres de la neige sur le corps de ballet. L'illusion fut parfaite et le public, dont une grande partie n'avait encore jamais vu une chose pareille, eut l'impression de rêver.

Avant d'enchaîner, Leroux se retourna vers la salle.

— Mesdames et messieurs, annonça-t-il d'une voix qui n'avait aucune difficulté à atteindre le fond du paradis, Mlle Christine Daaé.

Le rideau s'ouvrit sur le plateau nu, et Christine apparut, toujours dans son costume de bergère, mais sans masque, un châle artistiquement drapé sur son épaule et un panier sous l'autre bras. Elle était encore libre ! Il fallait que je la sauve !

— Sigerson, assis ! ordonna Leroux en levant sa baguette.

Elle commença à chanter prudemment et je sentais de la peur dans sa voix, mais au fur et à mesure que le morceau se développait, la musique s'emparait d'elle comme je le lui avais prédit. Elle avait choisi la prière de Micaëla, dans l'acte III de *Carmen*. Seule véritable aria de la pièce, elle convenait parfaitement à son timbre et à son physique. Et, comme par hasard, elle correspondait aussi totalement à son état d'esprit du moment, car il s'agit de la supplique d'une femme terrorisée, abandonnée, en proie à des forces qui la dépassent, et qui demande protection à Dieu. L'extraordinaire musique transportait sa voix jusqu'aux sommets, claire et nette comme l'air pur des montagnes qui étaient censées l'environner. Je lus sur le visage de Leroux qu'il était littéralement ravi par son interprétation – et si elle produisait cet effet sur le chef, il était facile de prévoir les réactions du public.

À nouveau, le silence succéda à la musique. Mais ce fut un « Bravo » unanime qui explosa au bout de quelques secondes. Et tous les spectateurs se levèrent comme s'ils avaient été éjectés de leurs sièges. Christine Daaé venait encore de triompher, et cette fois sans autre soutien que celui de ses dons, de son talent et de sa personnalité.

Elle avança au bord du plateau, et nous, dans la fosse, nous pûmes la voir. D'un gracieux geste de la main, elle fit applaudir Leroux et l'orchestre. Elle se tint là, comme étourdie, et s'inclina profondément devant tant de ferveur, avec d'imperceptibles esquives des épaules pour recevoir la pluie de fleurs qui tombait de partout tandis que des « bis » se répondaient dans toute la salle.

Et là, sans prévenir ni menacer, la lumière s'éteignit. Elle ne baissa pas, ne clignota pas, mais s'anéantit instantanément, comme si un interrupteur avait à lui seul commandé la Calliope. Le théâtre fut tout entier plongé dans l'obscurité.

Les acclamations, qui semblaient ne jamais devoir cesser, mollirent et laissèrent place à des cris d'angoisse. On se souvint aussitôt des événements dramatiques survenus ici même, et un vent de panique se mit à souffler sur la foule aveugle.

Dès le noir, je m'étais dressé à nouveau. Au milieu de la confusion, j'étais certain d'avoir entendu un seul cri avant tous les autres. Un cri sur le plateau.

Aussi soudainement qu'elle s'était éteinte, la lumière revint. Bien qu'interminable, l'éclipse n'avait duré que le temps d'une respiration. Mais cela avait suffi.

Christine Daaé avait disparu. Il ne restait plus que son panier, par terre. Le pauvre accessoire gisait, seul sur l'immense plateau désert, augure muet d'un nouveau désastre.

Quelle impudence ! Quelle audace, Watson ! Et quel coup de théâtre ! Il avait réussi à chanter magnifiquement devant trois mille personnes, les mettant au défi de l'appréhender et même simplement de l'identifier, et ensuite, ajoutant l'insulte à l'affront, pratiquement sous leur nez (pour ne pas parler de la barbe de la police), il l'avait enlevée ! Je ne pouvais pas m'empêcher d'éprouver une sorte d'admiration pour lui, même si je voulais crier vengeance à la face de ce génie sans visage, de ce Nobody.

Mais je savais qu'une nouvelle occasion ne se présenterait plus. C'était l'instant charnière, et si je ne me lançais pas à sa poursuite à la seconde, ma proie allait m'échapper à jamais, emportant Christine Daaé avec elle.

Et il ne fallait pas compter que, comme Perséphone, elle fût autorisée à reparaître dans le monde des vivants.

Mes jambes se dégelèrent immédiatement et je passai en trombe la porte de la fosse, bousculant les deux policiers abasourdis. J'entendis leurs vociférations derrière moi, mais rien ne pouvait ralentir ma course.

Une fois de plus je me précipitai dans le couloir conduisant à la loge de Christine Daaé. Là se trouvait, je l'avais compris, la frontière que je cherchais depuis le début de cette affaire. À l'intérieur de la petite pièce, je verrouillai la porte et empochai la clé. Dehors, grossissaient les bruits de la meute qui me talonnait.

J'éliminai toute autre pensée de mon esprit, me concentrant uniquement sur la recherche de la porte secrète empruntée par Nobody et Pierrot juste avant que je ne les attrape. Je n'avais pu capter qu'un reflet de miroir, mais c'était une indication précieuse. La porte tremblait déjà sous les coups redoublés tandis que je promenais mes doigts sur les murs réfléchissants, tâtant avec méthode. Des gouttes de sueur me roulaient dans les yeux et je me surpris à ahaner à force de tension. Quelque part sur l'un de ces panneaux existait le loquet qui m'ouvrirait le chemin du repaire de Nobody et de tous ses secrets. Si la porte de la loge lâchait avant que j'eusse trouvé le mécanisme, Christine Daaé n'avait plus rien à espérer.

À l'ultime instant, mes efforts furent récompensés. Un pan de miroir céda à ma pression et un invisible contrepoids joua de l'autre côté du mur. Sans prendre le temps d'étudier par quel moyen je pourrais revenir, je m'engouffrai dans l'ouverture et le panneau pivota de nouveau sur son axe, se refermant violemment dans mon dos. Plié en deux, les mains sur les genoux, je récupérais mon souffle lorsque, à quelques pas de moi, la porte de la loge vola en éclats. Le fracas fut immédiatement suivi d'exclamations stupéfaites émanant de ceux qui étaient absolument certains de me coincer là. Il y eut un brouhaha confus. On essayait de faire cadrer ma disparition avec la porte fermée à clé. Comme je l'avais prévu, quelqu'un émit l'hypothèse selon laquelle j'aurais fermé de l'extérieur et me serais enfui en escomptant qu'ils perdraient du temps à pénétrer dans la loge. Cette théorie recueillit tous les suffrages et la troupe s'éloigna, me laissant libre de me préoccuper de moi-même et de ce qui m'entourait.

J'accédais enfin à ce que j'étais sur le point de découvrir au moment où on m'avait arrêté. Pas à la fausse, mais à la véritable entrée du terrier d'Alice ; un royaume dans le royaume, une sorte d'univers parallèle, qui doublait toute la structure apparente de l'Opéra, mais qui restait séparé et inviolé, ignoré, même, de quiconque, excepté son créateur. La loge de Christine Daaé était le sas entre ces deux mondes. Peut-être y en avait-il d'autres, mais celui-ci seul m'intéressait : la création étonnante de Nobody, son réseau de couloirs, de portes, de toboggans, d'échelles, de tunnels, de ponts, d'échafaudages et d'escaliers, qui s'ouvrait enfin devant moi.

Je n'avais pas de pelote de laine à dévider, mais pour seul guide mon instinct qui me soufflait de descendre. Descends ! Fais comme l'eau ! Si tu doutes, descends plus bas ! J'avais aussi la piste des chandelles placées à certains points stratégiques, les unes encore allumées, les autres éteintes, mais chaudes. C'était le fugitif qui les avait posées là en passant. M'efforçant de deviner les emplacements de ces chandelles, je tombai invariablement sur d'anciens amas de cire. Le repaire de l'homme était ainsi balisé depuis de nombreuses années.

Je m'emparai de l'un des chandeliers et, à sa faible clarté, je progressai, la cire me coulant sur la main car je n'avais rien pour me protéger.

J'entendais des sons, de mystérieux échos, des gouttes d'eau et d'étranges bruits de pas, très éloignés, soit au-dessus de moi, soit au-dessous, je ne savais plus. Partout où je m'aventurais, je devais suivre des échafaudages et des passerelles qui divisaient les vastes espaces de ténèbres. Parfois, il y avait une sorte de main courante où m'accrocher ; le reste du temps, il n'y avait rien et j'avançais d'un pas malhabile.

Au loin, je remarquai deux lueurs mouvantes et il me sembla percevoir des voix. J'approchai avec précaution, prenant bien garde d'éviter le moindre craquement de bois. De derrière un tas de planches, je pouvais désormais voir la Calliope, l'extraordinaire machine à gaz qui alimentait tout le Palais Garnier en éclairage. C'était là le poumon de ce grand corps.

Les policiers étaient au travail, à quelques mètres de moi, autour de trois cadavres qu'ils venaient de découvrir – les pauvres garçons qui avaient la responsabilité des cadrans et des interrupteurs de la machine, et que le maniaque avait renvoyés au jugement de leur Créateur.

— Ils ont la gorge tranchée, dit une voix que je reconnus comme étant celle de Mifroid.

— Celui-ci a le crâne défoncé, fit quelqu'un d'autre.

— C'est Mauclair ! s'exclama un troisième qui devait être Jérôme.

Et ils piétinaient allègrement tous les indices possibles. Je soupirai et me retirai aussi discrètement que j'étais arrivé. Je descendis encore et encore. Parfois j'explorais à droite ou à gauche des boyaux qui aboutissaient à de curieux culs-de-sac. J'étais persuadé qu'il s'agissait d'autant de passages secrets, mais je n'avais ni le temps ni les moyens d'en déchiffrer le mécanisme. Dans ces cas-là, il me fallait rebrousser chemin, trébuchant sur toutes sortes d'objets abandonnés là par le dément. Bientôt, ma chandelle s'épuisa et la nuit se referma sur moi.

Plus loin, je retins ma respiration lorsqu'une bande de rats, vaquant à leurs affaires, me filèrent entre les pieds dans l'étroite allée. Je sentis quelques formes allongées glisser sur le dessus de mes bottines et j'eus du mal à réprimer un haut-le-corps.

Plus bas, plus bas, toujours plus bas ! J'avais bien essayé de mémoriser les niveaux tels que je les connaissais déjà, mais la rampe était continue et, dans l'obscurité, je finis par perdre mes repaires. Je ne savais plus ce qui était au-dessus de moi et ce qui était en dessous. Les murs eux-mêmes ne me paraissaient plus verticaux. La gravité était le seul guide sur lequel je pouvais encore compter.

En avançant sur ce singulier terrain, j'avais tout le loisir d'évoquer le génie du mal qui s'y cachait. Quelle étrange tournure d'esprit lui avait-il fallu pour imaginer un second univers encastré dans le premier ? À moins que ces deux mondes n'aient été conçus simultanément ? Quel noir dessein, quelle inspiration ou quel désespoir avait conduit Nobody à parfaire une merveille aussi magique, aussi mystérieuse ? Et combien de temps cela lui avait-il demandé – mais peut-être le temps n'avait-il aucun sens pour lui et était-il déterminé à rester là jusqu'à la fin de sa vie ? Telle était maintenant ma conviction.

Comme je continuais à progresser en aveugle, je perçus un son qui, dominant tous les petits bruits suspects qui griffaient mon attention comme des milliers d'ongles à mon passage, s'imposa à mon esprit. C'était un battement lointain, intermittent, qui s'amplifiait puis cessait complètement avant de recommencer. Je n'avais aucune idée de ce que ça pouvait être, mais il prit bientôt place dans ma géographie mentale. Au fur et à mesure que je descendais, il se faisait plus présent et, dès que je changeais de cap, il diminuait. Il y avait quelque chose de familier dans ce bruit, ou plus précisément dans l'irrégularité de son rythme, mais pour l'instant je n'arrivais pas à mettre un nom dessus.

À pas de tortue, il me sembla que j'avais déjà marché pendant des heures lorsque je me heurtai à une énorme porte métallique. Le lointain martèlement, qui s'était encore accru, s'arrêta brusquement et je me sentis comme au fond d'un puits. Je passai la main sur le panneau de la porte et j'y frappai de l'index, ce qui produisit un écho sourd. J'en conclus que l'obstacle devait peser des centaines de kilos et qu'il me fallait renoncer à l'ouvrir autrement qu'en perçant le secret de son mécanisme. Je perdis bien deux bonnes heures à m'échiner sans obtenir le moindre résultat. Je jetai alors toutes mes pauvres forces contre le battant, mais, comme prévu, en vain. Même s'il m'était insupportable de l'admettre, mon équipée paraissait avoir atteint son terme. Une fois de plus, la créature m'avait filé entre les doigts.

Confronté à cet intolérable échec, je m'assis sur le seuil de briques et m'adossai au panneau qui venait de me vaincre, essayant de digérer ma déconvenue et d'examiner les possibilités encore envisageables.

La fatigue d'une longue journée riche en événements eut sans doute alors raison de moi, car tout ce dont je me souviens, c'est de m'être réveillé à la même place. Mais ce réveil fut aussi mon salut. Dans mon sommeil, j'avais dû glisser le long de la porte car, à mon grand étonnement, elle se mit à coulisser, sans effort de ma part, sur un rail, en me déséquilibrant presque. Je me dressai et, l'espace de quelques secondes, j'essayai de me remémorer où j'étais. Je consultai ma montre : il était un peu plus de cinq heures ; mais cela ne m'avançait guère car j'ignorais si c'était du matin ou de l'après-midi. Était-il possible que j'eusse dormi aussi longtemps ? Il n'y avait aucun moyen de le savoir.

Je m'avisai alors que j'avais eu suffisamment de lumière pour distinguer les aiguilles, aussi m'empressai-je de regarder dans l'ouverture que mon faux mouvement avait provoquée.

Le tableau qui m'attendait au-delà de la porte coulissante, je ne suis pas près de l'oublier. Il m'arrive de le voir encore, parfois, en rêve.

J'avais réussi à atteindre le lac souterrain. Il s'étendait devant moi, sous les voûtes arrondies soutenues par d'énormes colonnes qui s'enfonçaient sous la surface de l'eau croupie, et était couronné d'une brume qui rendait invisible l'autre rive. Un sifflement sourd indiquait que tout l'espace était éclairé au gaz à l'aide sans doute d'un branchement pirate sur la Calliope, au-dessus, là où gisaient des hommes assassinés.

Je m'agenouillai pour toucher l'eau et fus surpris de la trouver tiède. Et c'était sans doute cette température, causée par la chaleur de la terre, qui, au contact de l'air froid, produisait cette brume perpétuelle qui flottait à la surface. À l'instant où mes doigts troublèrent le liquide (qui avait une consistance déplaisante, graisseuse), un tintement me fit sursauter et, levant les yeux, je découvris un grand cheval blanc qui surgissait d'une déchirure du brouillard.

— César ! m'écriai-je.

L'animal ne sembla pas autrement surpris par ma présence. En m'approchant, je vis qu'il était attaché par la bride à un anneau métallique fixé à un poteau lui-même fiché dans un muret. Une écuelle d'avoine fraîche était posée devant lui, sur une étagère de brique. Du poteau partait également une amarre assez forte, me sembla-t-il, pour retenir un doris ou une chaloupe, mais il n'y avait rien de tel alentour. Il ne fallait pas être grand clerc pour deviner que l'embarcation avait été utilisée par son propriétaire pour gagner l'autre rive, où qu'elle fût.

Je pris la décision d'emprunter le cheval, faute de bateau, et je le libérai de son pieu. Il me suivit sans résister et, bien qu'il ne fût pas sellé, il ne broncha pas lorsque, l'ayant poussé contre le muret, je me servis de ce marchepied pour lui monter sur le dos.

— Et maintenant, César, lui dis-je d'une voix douce en le conduisant vers le brouillard, montre-moi comme tu nages bien. Fais-moi donc traverser ce lac.

Comme je vous l'ai expliqué, l'eau était tiède et le cheval manifesta la meilleure volonté. Il marcha prudemment jusqu'à se laisser glisser avec grâce dans le liquide cotonneux.

Je n'avais pas une idée très précise de notre destination. J'espérais seulement que César avait plus d'informations que moi. Il commença à nager par longues impulsions ondulantes. L'exercice parvint bientôt à un degré d'enchantement proche du rêve. La brume s'ouvrait devant nous comme par magie et se refermait après notre passage. Je dus me pincer pour me rappeler que nous nous trouvions à moins de cent mètres au-dessous du carrefour le plus animé de la capitale bruissante d'activités et que la vie d'une femme était en jeu.

Je supposai que notre but n'était plus très loin lorsque la faible lumière dispensée par le gaz se mit à fléchir et bientôt s'éteignit complètement, nous laissant, l'animal et moi, au beau milieu d'un lac souterrain, ignorant si notre direction était la bonne et même si nous étions dans une quelconque direction.

Le cheval se cabra, effrayé. Je me penchai en avant et lui caressai l'encolure pour le calmer, mais j'étais moi-même dans une certaine agitation d'esprit. L'énorme battement venait de reprendre, plus fort que jamais. D'abord je songeai que nous allions pouvoir nous appuyer sur lui pour nous orienter, mais je me rendis vite compte que, étant donné l'architecture du lieu, le bruit semblait surgir de partout à la fois. L'écho irrégulier frappait la surface de l'eau, venait se fracasser contre les parois de brique, se recouvrait lui-même, rebondissait et créait une cacophonie chaotique et démente qui me donna l'impression – accentuée par mon état d'esprit – que nous étions enfermés dans le cœur d'un fou aux pulsations hystériques.

Nous nageâmes sans but pendant quelques minutes, assourdis par ce vacarme qui, une fois de plus, cessa, nous lâchant dans le silence et l'obscurité, en proie à une angoisse plus terrible encore. Les seuls sons qui nous parvenaient désormais, à César et à moi, étaient ceux que nous produisions nous-mêmes.

15

La bouteille de lait

Je ne saurais dire combien de temps nous barbotâmes ainsi. À un moment, le cheval percuta l'une des colonnes qui supportaient la voûte et, dans sa terreur de se retrouver soudain la tête sous l'eau, il me renversa presque.

Ce fut le son de l'orgue qui nous sauva. Il débuta assez doucement pour nous permettre de repérer sa direction. Alors que nous nous approchions et que la musique se faisait de plus en plus forte, une voix de baryton maintenant familière vint soudain s'y ajouter – et puis ce fut le tour du soprano aérien de Christine Daaé. Elle était en vie, même si elle avait peur, comme le révélaient les trémolos et le vibrato de son chant.

Je n'avais encore jamais entendu ce duo, mais malgré mon peu de disponibilité mentale, je fus frappé par sa stupéfiante beauté, même si le trop grand écho sous la voûte en diluait les paroles. Puis la musique cessa et je craignis que César ne s'égarât à nouveau, mais, après une brève pause, elle reprit, dans le même tempo que précédemment.

Une secousse, un dérapage, les sabots du cheval heurtèrent le fond et nous pûmes nous extraire du bain tiède et graisseux. C'est à peu près à cet instant que recommença le battement si étrange, et cette fois beaucoup plus puissant. De ce côté-ci du lac, chaque coup ébranlait presque le sol, comme si des géants avaient choisi pour terrain de jeu l'endroit où nous grelottions.

Mon pantalon était trempé, mais, au-dessus de la taille, j'étais relativement sec. Je trouvai mes allumettes, en craquai une et en élevai la minuscule flamme au-dessus de ma tête.

Par terre, devant moi, je remarquai plusieurs taches sombres. Je m'accroupis pour toucher la plus proche. C'était humide et collant. La flamme me brûla alors les doigts et je jetai l'allumette coupable. J'en craquai une autre à côté de la tache qui, à la lumière, confirma mes pires craintes : c'était du sang.

Abandonnant César sur place, sa bride balayant le sol, j'avançai à quatre pattes dans le concert de musique, de chocs et de vibrations, et je suivis la piste ensanglantée, usant allumette sur allumette.

De plus en plus larges, les traces me conduisirent au corps du Pierrot, étendu sur le dos dans son costume de soie blanche décoré d'énormes boutons noirs sur le devant.

Bien que blessé, l'homme respirait encore. Je craquai encore une allumette (il ne m'en restait plus que trois) et le dévisageai. Le maquillage avait cédé sous l'effet de la transpiration et j'utilisai sa large manche pour achever de découvrir ses traits.

— Monsieur le vicomte !

Il ouvrit les yeux. C'était bien le soupirant de Christine, Chagny le Jeune.

— C'est moi, Raoul, vous vous souvenez, Sigerson...

Je déchirai un bout de son costume pour lui faire un garrot. J'étais maintenant obligé de travailler dans l'obscurité.

— Sigerson…, dit-il faiblement.

Puis je le sentis se tendre, réveillé par la mémoire.

— Où est Christine ?

— Elle est vivante, mon bon ami. Écoutez… vous devez bien reconnaître sa voix. Elle est vivante quelque part là-dessous. Pouvez-vous vous asseoir ?

Il gémit de douleur lorsque je l'aidai à se redresser et m'empoigna l'épaule avec une telle violence que je faillis crier. Ses mains étaient glacées.

— Qu'est-ce que c'est, ce tonnerre et ces secousses ? Y a-t-il un tremblement de terre ?

— Un tremblement de terre qui s'arrête et recommence à intervalles réguliers. Comment êtes-vous arrivé jusqu'ici ?

— Je suis rentré de la campagne dès que j'ai su, pour le lustre. Mon frère a bien tenté de m'en empêcher, mais j'avais tellement honte de ma conduite de l'autre soir que j'étais décidé à me racheter. J'étais sûr que Christine allait être très malheureuse pour tous ces pauvres gens qui étaient morts en l'écoutant chanter. Je me suis d'abord rendu chez elle et ensuite au Bal de l'Opéra, et c'est là que je l'ai trouvée. Elle a tout fait pour m'éviter et pour me convaincre de m'en retourner, mais je la tenais fermement.

— Jusqu'à l'apparition du monstre, suggérai-je.

— Comment le savez-vous ?

Dans le noir, je sentis sur moi son regard soupçonneux.

— Je la suivais aussi. J'ai cru que vous étiez un homme à lui.

— Alors vous l'avez vu, vous aussi ! s'écria-t-il en me saisissant par le revers de ma veste.

Et il reprit son récit comme si les événements qu'il rapportait s'étaient déroulés des années plus tôt.

— Il était là, en haut du grand escalier, tout en rouge, et j'ai entendu quelqu'un crier que c'était le Fantôme. Oubliant mes intentions premières, j'abandonnai Christine pour me lancer à la poursuite de ce criminel responsable de tous mes malheurs. Il essaya de m'échapper par la loge de Christine, mais j'étais toujours sur ses talons...

Il s'interrompit et fut terrassé par une quinte de toux. Puis, me pressant à nouveau l'épaule :

— Jusqu'à ce que je me perde dans ce labyrinthe. On dirait qu'il se joue des murs, des plafonds, des planchers comme s'il les avait construits.

— C'est parce qu'il les a effectivement construits. Pourrez-vous vous lever ? Nous sommes tout près de ferrer la créature. Allez, faites un effort !

Je réussis à le remettre sur pied et nous avançâmes dans les ténèbres en titubant sur le sol qui tremblait comme le pont d'un navire en pleine tempête.

— J'ai déjà entendu ce bruit quelque part, me murmura Chagny à l'oreille, son bras passé autour de mon cou.

C'était également mon sentiment. Plus il augmentait, plus il me semblait que j'aurais dû l'identifier. César hennissait à chaque convulsion.

Puis, une nouvelle fois, le silence total descendit sur nous, hormis la musique toute proche.

Debout, après s'être appuyé un moment sur moi, le petit vicomte commençait à se sentir mieux. Comme l'air entrait plus facilement dans ses poumons, il reprenait des forces et nous nous rapprochâmes de la ravissante mélodie qui maintenant guidait nos pas.

Sur cette rive du lac, une digue en terre, entre deux murs, protégeait d'une éventuelle crue. Et nous nous trouvâmes bientôt en face de la maison de Nobody, car il s'agissait véritablement d'une maison, construite au-delà de la digue. Des rideaux soigneusement tirés habillaient des fenêtres éclairées ; la construction elle-même évoquait un petit palais vénitien au bord du Grand Canal. À l'intérieur, les chanteurs poursuivaient leur duo. En silhouettes, nous pouvions distinguer l'organiste, assis, et debout à côté de lui, Mlle Daaé. Le vicomte fut foudroyé par cette image et il aurait sans doute commis quelque folie si je ne l'avais retenu.

En longeant le mur de la maison, nous parvînmes à l'extérieur de ce qui devait être une autre pièce, mais cette fois sans fenêtre.

— Il y a peut-être une ouverture plus haut ? hasardai-je. Et si je vous faisais la courte échelle ?

— Donnez-moi vos allumettes, alors.

À deux mains, je lui fabriquai un étrier et il mit ses dernières forces à se hisser au-dessus de ma tête. Il se rétablit au faîte du mur et examina le toit. Les battements venaient de reprendre et le bruit couvrait largement un craquement d'allumette, mais je vis la petite étincelle avant qu'il ne disparaisse.

— Montez, il y a une sorte de lucarne avec de la lumière.

Ce n'était pas chose aisée, car je ne bénéficiais d'aucune aide, le vicomte étant maintenant trop faible pour me tirer.

— Attendez, dit-il.

À nouveau, il disparut quelques secondes, puis revint, à bout de souffle.

— Attrapez ça.

Il me lança une corde qu'il avait dû arrimer quelque part. Elle m'arrivait à hauteur de front et je m'en saisis. Je n'eus pas besoin de la tâter longtemps pour comprendre. Je sentais parfaitement qu'elle avait été tranchée d'un coup de rasoir.

Et ce fut grâce à l'arme qui avait tué Joseph Buquet que je pus rejoindre le vicomte. Il me conduisit vers le vasistas qui ressemblait plutôt à un hublot de navire : une vitre exceptionnellement épaisse cerclée de cuivre et articulée sur des gonds.

— Vous croyez qu'on peut passer au travers ? demanda le jeune homme, sceptique.

— Ce n'est pas bloqué, lui fis-je remarquer. Nous n'avons pas tellement le choix.

L'ouverture était étroite, mais je parvins à me faufiler et reçus le vicomte qui me suivait.

— Oh ! suis-je stupide ! lâchai-je alors.

— Que voulez-vous dire ?

Je lui montrai le plafond et la petite fenêtre, à présent hors d'atteinte. Dans ma hâte de m'introduire dans l'antre d'Orphée, la précieuse corde m'était sortie de l'esprit et je l'avais oubliée sur le toit.

La pièce dans laquelle nous avions atterri était éclairée au gaz par des sources invisibles, tout comme le lac. Elle était hexagonale, tapissée de miroirs du sol au plafond et décorée par l'image multipliée d'un arbre de fer forgé dont les branches, réfléchies à l'infini, créaient une forêt d'illusion, tout autour de nous. L'effet produit était des plus troublants, et c'était sans doute ce qu'avait recherché l'artiste. Il n'y avait pas d'issue, excepté le hublot par lequel nous étions arrivés. Nous qui pensions surprendre le monstre en son gîte, nous nous étions lourdement trompés. Juste au-dessous du plafond et tout autour de l'hexagone, j'aperçus une série de petits trous, chacun de la dimension d'une pièce de monnaie.

— Ce doit être pour l'aération, suggéra le vicomte.

Je n'eus pas le courage de lui faire remarquer que l'ouverture par laquelle nous étions entrés suffisait amplement pour cela. Dans mon esprit, ces trous signifiaient quelque chose de plus sinistre et me mettaient très mal à l'aise. D'ailleurs, cette pièce semblait n'avoir été conçue que pour retenir captifs les importuns qui s'avisaient d'y pénétrer comme nous, par exemple. Un peu comme une bouteille de lait vide qu'on pose dehors pour piéger les mouches.

— Écoutez…, dis-je. La musique s'est arrêtée.

Nous allâmes coller l'oreille au mur d'où les sons nous avaient paru provenir. J'eus l'impression qu'on refermait une porte. Et puis plus rien.

— Appelez-la, lui soufflai-je.
— Christine.
— Plus fort. Elle ne peut vous entendre avec ce vacarme, dehors.
— Christine !
— Raoul ? Oh ! Raoul !

Pressant l'oreille comme des forcenés contre le miroir, nous perçûmes des sanglots.

— Christine, où est-il ? Où est-il ?
— Raoul ! Allez-vous-en ! Quittez cet endroit maudit sur-le-champ ! Ah ! Il revient ! Il…

Et alors une deuxième voix :

— Que faites-vous donc ? Revenez. Nous devons encore jouer le final du dernier acte. Quoi ? Mon apparence vous effraie toujours ? Mais puisque je vous promets que vous n'avez rien à craindre. Approchez. Approchez, je vous dis !

La voix suppliait et menaçait en même temps, comme si son propriétaire n'arrivait pas à choisir entre les deux attitudes.

Il y eut un nouveau fracas au-dessus, qui ébranla tout. Un ricanement furibond s'éleva de l'autre côté du mur, suivi de la voix, plus douce :

— N'ayez pas peur. Vous ne risquez rien. Personne ne peut plus rien contre vous. Vous avez eu tort de chanter ce soir sans ma permission, ma chérie, mais je vous pardonne. Souvenez-vous seulement de ceci : je sais ce qui vous convient le mieux, à vous et à votre voix. Maintenant, chantez avec moi.

La musique reprit et me fit presque fermer les yeux. Dans les moments de répit que nous accordait le vacarme, il nous était permis d'entendre. C'était d'une beauté transparente.

— Qu'est-ce que c'est ? souffla Raoul.

— Son opéra : *Le Triomphe de Don Juan*.

Le pauvre garçon laissa échapper un sanglot d'horreur et d'épuisement, puis s'écroula sur le sol. Il avait perdu beaucoup de sang. Quant à moi, je restai l'oreille rivée au miroir, jusqu'à ce que, note après note, la musique aille à son terme.

— Ici sera votre demeure, dit doucement la belle voix. Vous devez être fatiguée. Je vous laisse. Reposez-vous.

Je voyais mal comment elle pourrait se reposer, les secousses atteignant désormais leur puissance maximale. Comme il était impossible de communiquer avec la malheureuse durant ce tapage, nous étions réduits à nos propres occupations. En dehors de l'arbre en fer forgé, il n'y avait rien dans la pièce. Et encore l'arbre se résumait-il au tronc et à une seule branche, tout le reste n'étant que mirage.

Au fur et à mesure que le temps passait, le jeune vicomte perdait tout contrôle de lui-même. Il ne parvenait pas à s'empêcher de claquer des dents et, ayant protégé ses oreilles de ses mains pour ne plus entendre les coups, il alla se recroqueviller dans un angle, par terre, et commença à se balancer de droite et de gauche en poussant de faibles gémissements, tel un petit animal effarouché. J'entrepris de le réconforter avec des paroles apaisantes, mais compris bien vite qu'il n'allait pas tarder à basculer hors de sa raison.

— Vicomte ! Raoul ! Appelez de nouveau Christine. Écoutez, le bruit a cessé ! Appelez-la ! Demandez-lui de nous décrire sa chambre. Combien possède-t-elle de portes ?

Il ne m'entendait plus.

— Lieutenant de Chagny ! Je vous ai donné un ordre !

Cette formule réussit là où la gentillesse avait échoué. Les cours de l'École navale prouvèrent leur efficacité et le jeune homme bondit pour obéir à son supérieur.

— Christine !
— Raoul ! Oh ! mon amour !
— Christine ! implora le pauvre garçon désemparé. N'existe-t-il aucun passage entre nous ? Essayez de chercher si…

La conversation fut brutalement interrompue par le claquement d'une porte et un cri.

— Raoul !
— À merveille ! lança une voix terrible.

La jeune fille hurla. Une nouvelle porte claqua et nous en fûmes réduits à attendre, le petit vicomte tremblant comme s'il avait de la fièvre.

— À merveille ! répéta la voix de baryton au-dessus de nous, aussi suavement qu'un soupir. Nous avons des invités-surprises.

Je levai les yeux vers le plafond et vis, encadrée dans le hublot, une tête de mort ivoire.

16

Nobody

Le peu de vigueur qui restait au vicomte lui fit défaut à ce spectacle et il s'évanouit à mes pieds.

La créature et moi nous fixâmes un moment qui me parut interminable. Maintenant que je me retrouvais si proche de ces traits macabres, j'éprouvais une sorte de fascination.

— Et si vous ôtiez votre masque ? finis-je par demander.

D'abord, il ne répondit rien. Au point que je doutai qu'il m'eût entendu.

— Je ne peux pas, dit-il enfin dans un mielleux murmure d'outre-tombe.

— Dois-je vous supplier ?
— C'est impossible.

Malgré tout il hésita. Il me sembla voir l'éclat de ses yeux sombres qui m'observaient à l'abri du masque. Puis il reprit :

— Si je l'enlevais, je ne pourrais plus vous parler.
— Et pourquoi donc ?
— Il en a toujours été ainsi. Depuis mon enfance. Ma mère m'interdisait de parler sans mon masque. « Ne parle jamais sans ton visage », me répétait-elle sans cesse. Maintenant, je m'y suis tellement habitué que je ne peux vraiment plus m'en passer.

Mon expression de surprise le ramena à la réalité.

— J'espère que vous me pardonnerez cette impolitesse, déclara-t-il avec des accents onctueux qui ravissaient l'oreille par leur délicatesse. Malheureusement, en ce qui me concerne, je ne puis pardonner la vôtre.

— Monsieur Édouard La Fosse ?

Les yeux étincelèrent comme des braises ravivées par un courant d'air. Puis il sembla s'apaiser, mais j'étais bien certain que son regard gardait tout son venin.

— Je m'appelle Nobody.

— Peut-être préféreriez-vous que nous parlions anglais, alors ? proposai-je pour essayer de gagner du temps.

— Je préférerais ne pas parler du tout, dit-il après une nouvelle hésitation.

— Mais vous étiez bien Édouard La Fosse, insistai-je. Le brillant assistant de M. Garnier.

— Les hommes que vous évoquez sont morts, remarqua-t-il froidement en me scrutant à travers sa seconde peau. Aucun n'a survécu. Et, malheureusement, il en sera de même pour vous.

— C'était très malin de votre part de détruire les plans du bâtiment, poursuivis-je, toujours avec l'espoir de faire diversion. Mais vous n'avez pas pensé à éliminer les contrats qui portent votre nom. Je les ai découverts au Cadastre, hier après-midi, avant d'aller rendre visite à Mlle Daaé.

Il grogna et tourna la tête comme s'il avait mal au cou. À moins que ce ne fût pour regarder derrière lui par-dessus son épaule ?

— Est-ce votre opéra que je viens d'entendre ? *Le Triomphe de Don Juan* ? Je suis musicien, vous savez ? Je l'ai trouvé excellent. Vous ne voudriez pas m'en faire écouter davantage ?

— Vous êtes Sherlock Holmes que le monde entier croit mort, répliqua-t-il avec dans la voix quelque chose comme un rire hideux. Vos manœuvres n'ont aucun effet sur moi. Et, étant donné votre situation, nul ne vous regrettera.

Sa voix magique faisait penser à une lame d'acier griffant du satin. Je poursuivis néanmoins :

— Dites-vous bien qu'elle ne vous aimera jamais. Elle est éprise de ce pauvre garçon, dis-je en montrant le vicomte, toujours inconscient.

La créature se pencha pour mieux contempler son rival.

— Elle est jeune, répondit-il calmement. Elle confond attirance et sentiment, mais son art la guidera vers les vraies valeurs. Comme je l'ai moi-même guidée. Quand il sera mort, elle ne pensera plus à lui et n'aimera, à nouveau, que son Ange de la Musique.

Il y eut alors une énorme secousse et toute la maison trembla. Il rugit avec une telle fureur que je sursautai et levai les bras, manquant tomber sur le sol glissant. Mais sa colère s'adressait plutôt au bruit qu'à moi, au point qu'il semblait même m'avoir totalement oublié, tandis qu'il se cramponnait au cadre du hublot.

— Son ange est un démon qui a déjà commis le péché de meurtre, lui rappelai-je dès que les secousses prirent fin. Cela, elle ne pourra jamais l'effacer de son esprit. Vous êtes maudit à jamais.

Il se tut mais me regarda avec ce que je déchiffrai comme une pitoyable expression mélancolique qui envahit ses traits figés. Je ne parvenais pas à comprendre comment un masque rigide pouvait varier autant avec les sentiments. Sans doute était-ce là le fruit de mon imagination enfiévrée.

— Nous verrons bien, dit-il pour toute réponse avant de disparaître et de refermer le hublot derrière lui.

En dehors des grondements extérieurs, le silence était revenu. Je m'agenouillai et tentai de ranimer le vicomte. C'est en essayant de le retourner que je m'aperçus que le sol de notre cellule, lui aussi en miroir (du moins en apparence), était humide. Examinant la paroi toute proche, je constatai qu'elle ruisselait d'eau. En réalité, il en était de même des quatre murs, qui paraissaient tous maintenant constitués d'eau. De l'eau qui sortait de tous les petits trous pratiqués près du plafond.

— Vicomte ! Raoul !

Je le giflai sans trop de violence deux ou trois fois, et il ouvrit les yeux.

— Que s'est-il passé ?

— Si nous ne réagissons pas, nous allons être engloutis, dis-je en désignant la menace.

Il se mit aussitôt debout, pressé par l'angoisse.

L'eau montait beaucoup plus rapidement que ne le laissait supposer le silence. Nous pataugeâmes dans la pièce, nous appuyant contre les parois, y donnant des coups de pied, mais sans résultat.

— Christine ! Ah ! Christine, sanglotait le jeune homme, tambourinant désespérément sur le mur qui le séparait d'elle.

Le seul élément susceptible de nous servir était l'arbre en fer forgé, et j'avais déjà entrepris de le desceller lorsque le monstre nous joua son tour favori qui consistait à nous plonger dans l'obscurité. Dans les ténèbres, le vicomte se mit à hurler de terreur. J'eus toutes les peines du monde à le convaincre de m'aider à arracher l'arbre alors que l'eau nous arrivait aux genoux.

Dans la chambre à côté, les cris du vicomte furent absorbés par l'orgue sur lequel Nobody nous faisait maintenant la faveur d'une toccata et fugue de Bach.

Au bout du compte, après avoir secoué l'arbre en tous sens, celui-ci nous resta entre les mains. De l'eau à hauteur de taille, nous perdions de l'efficacité dans nos mouvements, mais nous nous mîmes néanmoins à bombarder les miroirs qui explosèrent. Les éclats flottaient quelques instants autour de nous puis sombraient lentement.

En promenant mes mains à l'endroit ainsi dégagé, je sentis des panneaux de bois. Tandis que la pièce entière vibrait aux trépidations extérieures, nous martelâmes à tour de rôle le mur de la chambre de Christine. J'ignore si nos efforts eurent un début de succès car bientôt l'eau nous noya la poitrine et les forces nous manquèrent pour manipuler la lourde masse.

— Nous sommes perdus, gémit le vicomte.

J'étais à court d'arguments pour le détromper. Nous avions maintenant de l'eau jusqu'au menton et nous allions être obligés de nager.

— Ne laissez pas échapper l'arbre, lui criai-je, car je savais que notre dernier espoir serait d'essayer de briser la vitre du hublot lorsque l'eau nous aurait portés à une hauteur suffisante pour l'atteindre. Ce qui était plus facile à imaginer qu'à réaliser, l'objet s'avérant formidablement lourd et s'obstinant à nous entraîner au fond.

Arrivé à quelques centimètres de la seule issue possible, avec juste un peu d'air au-dessus de nous, je ramassai ma dernière énergie et cognai la vitre avec l'arbre, mais en vain. Le concepteur avait prévu ce talon d'Achille et avait installé une vitre épaisse et résistante. Dans notre position, il nous était impossible de prendre l'élan nécessaire. C'en était fait de nous.

À l'instant où l'eau se refermait sur le vicomte et sur moi, une nouvelle secousse assaillit notre prison et réussit là où toutes les autres avaient échoué. Apparemment, le criminel avait compté sans la pression de l'eau, une fois la pièce totalement remplie. À moins que les coups eussent fini par disjoindre quelque arc-boutant. Quoi qu'il en soit, avec une force incroyable, alors que le niveau baissait brutalement, nous fûmes propulsés dans une deuxième pièce que je n'eus pas le temps de détailler avant qu'elle soit à son tour inondée.

Je me souviens seulement d'avoir été frappé par l'extrême impression de confort qui s'en dégageait : canapés, fauteuils, tableaux, rideaux aux fenêtres, sculptures, bureau…, et bien sûr, l'orgue devant lequel le dément venait de se dresser, interrompu dans son concert par le déferlement de notre vague.

Alors que nous déboulions sur le sol, il s'empara de Christine et la poussa vers la porte. À peine debout, nous nous ruâmes à leur poursuite. Il dut avoir l'idée de nous enfermer à nouveau, mais il préféra ne pas perdre une seconde et prendre de l'avance. Une fois dehors, nous nous retrouvâmes sur la digue et les aurions rattrapés si je n'avais pas dû soutenir et presque porter le vicomte.

Nobody sauta du mur, entraînant Christine, et tous deux atterrirent sur la rive, en contrebas. Mais le monstre avait dû lâcher sa proie. En une seconde, Raoul rassembla ses maigres forces et se jeta sur sa bien-aimée, terrifiée, la couvrant de son corps, tandis que de sa blessure rouverte s'échappait un sang écarlate.

La créature me regarda, pesant ses chances de récupérer l'objet de tous ses désirs. Un nouvel ébranlement le décida et il se précipita le long du mur, vers ce que je reconnus être un soupirail.

— Arrêtez-le ! m'écriai-je. S'il atteint les égouts, tout est perdu !

Le jeune homme n'était plus en état de saisir ce que je lui disais et ne réagit pas. Il n'était plus question pour lui d'abandonner sa bien-aimée, et je me dis que si je voulais que la bête meure, il fallait que je me charge seul du travail.

Je me mis à courir sur le mur et, arrivé au-dessus de lui, je me lançai dans le vide, juste à temps pour le retenir par une cheville alors que le soupirail allait l'avaler.

Dès cet instant, je sus que je n'étais pas de taille. Mon adversaire se défendit avec la vitalité de dix hommes et lorsque j'essayai de lui administrer mes bottes secrètes de baritsu, j'eus la sensation que les points d'impact n'existaient pas dans son anatomie. J'aurais eu autant de succès en affrontant une statue d'acier ou un poulpe géant, car ses bras semblaient aussi longs que des tentacules. Il les resserra sur mon torse et mes épaules avec une puissance telle que je fus instantanément privé d'air comme si une presse industrielle s'était abattue sur moi. Je parvins cependant à crocheter une jambe derrière la sienne et nous roulâmes de nouveau sur le sol. Je sentais son souffle brûlant contre mon cou comme si j'avais été aux prises avec le diable en personne. Ses mains se crispèrent sur ma gorge et je compris aussitôt que cette tête de mort ricanante serait la dernière image terrestre que j'emporterais.

Dans un ultime geste désespéré, sans doute le plus irrationnel de toute ma carrière, je lui arrachai son masque.

Ah ! Watson, la vision d'horreur ! La face à laquelle j'étais confronté n'avait rien qui la fît ressembler de près ou de loin à un visage humain, et un tel tableau aurait pu stopper le cœur d'un chien. Il n'y avait pas de nez mais un cratère imprécis, et des deux yeux, l'un sortait de l'orbite et pendait presque, obscène, tandis que l'autre, tourné vers le ciel, ne montrait que du blanc. La bouche, elle aussi, avait été entaillée, la lèvre supérieure retroussée sur elle-même en une cicatrice irrégulière dévoilant des dents jaunes. La peau qui recouvrait l'ensemble était fine comme du parchemin et toute parcourue d'un delta de balafres et de taches. Sur le haut du crâne, rien d'humain non plus, sauf une mèche blanche hirsute.

Mais plus étranges et plus effroyables que l'image elle-même étaient les sons qui sortaient de la gorge de la Gorgone. La voix incomparable avait laissé place à un chapelet de grincements et de crissements qui aurait soutenu la plus pointilleuse comparaison avec un porc qu'on égorge.

Il recula, comme halluciné, agitant les mains devant ses traits abominables comme des griffes folles. Et, renonçant d'un coup au combat, il détala par le soupirail, à quelques mètres de l'endroit où j'essayais de reprendre mon souffle.

Ce qui se produisit ensuite prit moins de temps qu'il n'en faut pour le raconter. Il y eut un rugissement soudain et le plafond nous tomba sur la tête. Encore au sol, je ne pus rien faire tandis que des tonnes d'eau et de terre se déversaient sur l'infortuné Nobody. Pour la deuxième et dernière fois de sa malheureuse vie, il fut enterré vivant.

Ce fut un miracle si la même malédiction ne nous atteignit pas tous les trois, mais nous ne nous trouvions pas dans l'œil du cyclone et n'eûmes qu'à endurer une averse de boue et de pierres qui semblait vomie par l'enfer.

Lorsque le silence revint, j'eus la surprise d'entendre parler au-dessus de ma tête et, ouvrant les yeux, je vis le ciel bleu. César hennit gaiement.

— Merde alors ! s'exclama une voix quelque part, entre ce ciel et nous. Trois mois de travail fichus !

17

Diminuendo

Les petites sœurs de l'hôpital Saint-Sulpice se déplaçaient dans un silence paradisiaque. Dans leur uniforme gris, leur guimpe et leur énorme coiffe blanche empesée, elles glissaient sans bruit le long d'interminables couloirs comme si sous leur longue robe se cachaient des roues bien huilées. Comme par magie, elles apparaissaient dès qu'on avait besoin d'elles et s'empressaient de glorifier, en murmurant avec des sourires sereins et graves, les merveilles de la foi. Puis, dans un minuscule froissement d'étoffe, ces modèles de charité s'éclipsaient doucement.

J'avais conscience que la police tournait autour de mon lit, impatiente de renouer conversation avec moi.

Je fus le premier à sortir de l'hôpital. Je me sentais à peu près comme si je venais de séjourner un mois dans un hachoir à viande et mes doigts étaient déchiquetés par les éclats de miroir, ce qui mettait un terme, du moins dans l'avenir immédiat, à toutes les ambitions violonistiques que j'aurais pu encore secrètement nourrir. Cependant, si l'on considère les épreuves traversées, je n'étais pas en trop piteux état. Ce que nos fragiles enveloppes sont capables de supporter, Watson ! Je vous vois hocher la tête à cette pensée. Et pourtant, nos corps si débiles parviennent malgré tout à protéger nos âmes volatiles !

Cette fois, il n'y eut plus de doute quant au cadavre du Fantôme. En même temps que les corps de six ouvriers tués dans l'effondrement du tunnel, les envoyés de la Préfecture et les équipes de secours découvrirent celui de la créature qui avait mené une si longue existence, fantastique et douloureuse, dans les entrailles de la terre.

Comment avais-je pu ne pas reconnaître le bruit des marteaux-piqueurs et de l'excavatrice de la rue Scribe dans l'écho régulier qui résonnait sous le bâtiment ?

Pour ce qui est du vicomte, sa blessure était sans gravité, mais le jeune homme avait perdu beaucoup de sang et on jugea préférable de lui imposer un repos complet. Les médecins comptaient sur sa robuste constitution et son solide appétit pour l'aider à retrouver un état physique satisfaisant. Quant à son équilibre mental, qui avait un moment donné quelques inquiétudes, il lui était peu à peu rendu par la présence de l'être qu'il chérissait le plus au monde. Christine restait à son chevet jour et nuit et ne lui lâchait pas la main, même pendant son sommeil.

Elle-même reprenait des forces grâce à cette proximité, et ils se stimulaient l'un l'autre, dans une union que rien désormais ne pourrait contrarier.

Il se passa plusieurs jours avant que je fusse en mesure d'aller leur rendre visite. Avant cela, je dus concéder de nombreuses heures à l'inspecteur Mifroid de la Préfecture, qui se montra aussi tenace qu'un chien de meute.

— Si vous voulez bien commencer par le commencement, disait-il, et ne rien omettre, monsieur.

Et il faisait un geste à un secrétaire qui attendait, la plume dressée.

Avais-je une autre solution, Watson, que de lui raconter une grande partie de toute l'affaire ? En entendant mon nom, il ouvrit de grands yeux et rentra la tête dans les épaules, sceptique. Il refusa longtemps de me croire, mais diverses confirmations, dont celle de Mycroft, contacté au Foreign Office, l'obligèrent à admettre ma véritable identité. J'éprouvai cependant quelque difficulté à lui soutirer la promesse de garder le secret sur ma survie. Je tus tout ce qui avait précédé mon arrivée à Paris et commençai mon histoire par mon engagement comme violoniste dans l'orchestre de l'Opéra. Comme il avait vu le cadavre de Nobody, il ne put contester mes dires qui reçurent en renfort le témoignage de Ponelle. Celui-ci – tout comme le sombre Béla et le reste de l'orchestre – était maintenant convaincu que j'avais effectivement été placé là par les autorités.

— Alors, comme ça, vous disiez la vérité ! s'exclama-t-il comme nous prenions un café d'adieu à notre rendez-vous habituel.

— Je dis toujours la vérité, mentis-je.

— Pour votre information, ils ont retapé le caveau de Garnier, dit-il en riant. Je vous promets que je n'oublierai pas notre expédition de toute ma vie !

— Vous allez me manquer, Ponelle.

— Juste comme j'étais sur le point de m'habituer à votre étrange style de jeu, me confia Béla qui ne comprenait rien à cette histoire de caveau de Garnier et qui, s'il avait compris, nous aurait immédiatement dénoncés pour viol de sépulture. Nous allons vous regretter, Sigerson. Je crois que même ce vieux Leroux éprouvait une certaine tendresse pour vous.

— Et c'était bien réciproque.

Et là, il faut bien le reconnaître, je n'exprimais rien d'autre que la pure vérité. Tout au long de cette affaire, le Maître s'était conduit – si j'ose dire – d'une manière qui forçait mon admiration. Sa foi, si simple, si constante, si noble, face à l'adversité d'où qu'elle vienne, rayonnait avec une sorte de pureté qui excusait largement sa présomptueuse tyrannie. Il était un grand chef d'orchestre. S'il ne l'avait pas été, personne n'aurait pu le supporter.

Mifroid, qui ne voulait rien négliger, m'accompagna à l'hôpital, flanqué de son sténographe, et nous trouvâmes les tourtereaux à peu près comme je les avais laissés en pleine apocalypse : le petit vicomte dormait et son amoureuse lui tenait tendrement la main.

— Christine, voici l'inspecteur Mifroid, de la Préfecture.

— Comment allez-vous, mademoiselle ? Vous sentez-vous en état de nous donner quelques détails sur votre calvaire ?

Elle me jeta un coup d'œil inquiet.

— Vous devez me juger bien crédule, monsieur.

— Pas le moins du monde.

Je lui souris et lui fis un signe en direction du policier pour qu'elle parle.

— Ça s'est passé ainsi, messieurs. Je me suis rendue à l'Opéra, ce soir-là, bien décidée à chanter. M. Sigerson (je constatai avec soulagement que Mifroid ne la corrigeait pas) m'avait encouragée à le faire, après m'avoir convaincue que mon bienfaiteur (sa voix devint un mince murmure et son visage se ferma) serait ainsi contraint à se manifester et que j'aiderais les forces de…

À nouveau elle hésita. De qui, se demandait-elle, pouvions-nous bien être les forces ?

— De la lumière du jour, lui soufflai-je doucement.

Elle eut un minuscule mouvement de tête qui indiquait qu'elle acceptait cette définition.

— ... à le capturer. Pauvre Nobody, soupira-t-elle.

— Qu'entendez-vous par Nobody ? interrogea Mifroid.

— Il se nommait lui-même ainsi, monsieur.

Mifroid sourcilla mais poursuivit son interrogatoire.

— Continuez, je vous prie, mademoiselle.

— Comme M. Sigerson me l'avait recommandé, je ne suis pas passée par ma loge et j'ai attendu le moment d'entrer en scène dans les pendrillons. C'est là que j'ai entendu Nobody chanter et j'ai manqué m'évanouir. J'ai cru que j'allais tomber morte. Aucune voix au monde ne peut – je devrais dire ne pouvait – se comparer à la sienne. Le tabouret du chef de plateau se trouvait près de moi, et j'ai dû m'y asseoir. J'ai placé mes mains sur mes oreilles pour échapper à ce (elle sembla chercher le terme exact, puis haussa les épaules, y renonçant)... ce son impossible.

Elle fut prise d'une quinte de toux et se racla la gorge avant de reprendre.

— Puis il est sorti de l'autre côté et je me suis sentie soulagée. Je savais qu'il serait avalé par les murs avant que quiconque puisse le rattraper, et cette pensée me réconfortait. Mon malaise se dissipa. Pendant le *Prophète*, je marchai un peu en coulisses pour retrouver mes forces. Lorsque le rideau s'ouvrit devant moi, j'avais le trac mais j'étais concentrée. Tout ce qu'il m'avait enseigné me revenait et j'ai chanté comme j'ai toujours chanté – pour lui seul.

Des larmes apparurent au coin de ses yeux, mais elle les chassa résolument.

— Vous aviez raison, monsieur Sigerson, la musique m'est venue en aide.

— C'est la principale vertu de la musique, mademoiselle.

— Et ensuite ? la pressa Mifroid avec une obséquiosité transparente et doucereuse qu'elle ne pouvait pas ne pas remarquer, ce qu'elle fit pourtant.

— J'ai salué, puis j'ai reculé, et tout s'est éteint. Et au même instant, le sol s'est ouvert sous mes pieds et deux bras d'acier se sont refermés sur moi. Avant que j'aie eu le temps de crier, une main se posait sur ma bouche et une odeur écœurante m'enveloppa... Et c'est tout ce dont je me souviens de ce moment-là... À mon réveil, je me suis crue transportée dans un conte de fées.

Elle contempla le plafond de la chambre d'hôpital comme si son histoire y était écrite.

— Je me trouvais sur un beau cheval blanc guidé par un grand seigneur rouge avec un chapeau à plume. Nous suivions une rampe étroite éclairée par des milliers de chandelles et qui aboutissait à un lac couvert de brume. C'était vraiment comme un pays enchanté.

— Un lac ? aboya Mifroid, oubliant tout à coup sa posture affectée.

— Je sais que cela peut paraître absurde. Peut-être étais-je encore endormie et dans un rêve, monsieur.

— Eh bien ! on dirait, oui.

Je lui fis signe de se calmer et il rectifia :

— Je vous prie de continuer, mademoiselle.

— C'était absolument comme dans un songe, répéta-t-elle. Parvenus au rivage, il me fit descendre de cheval en me prenant à nouveau dans ses bras. Il me portait comme si je ne pesais rien. J'avais l'impression de flotter contre lui.

Disant cela, elle jeta un coup d'œil inquiet à son amoureux et je toussai pour la rappeler à la réalité.

— Là, il me déposa dans une barque.
— Hein ?
— S'il vous plaît, inspecteur, ayez la bonté d'écouter.

Il n'y avait plus besoin d'encourager Christine. Son récit avait pris une sorte d'existence autonome et elle regardait dans le vague pendant qu'il se racontait tout seul.

— Nous avançâmes à la rame sur le lac magique, fendant la brume de la proue de notre embarcation. Ce ne fut pas très long, et là, il me porta à nouveau, cette fois jusqu'à la maison.

Le souvenir du petit palais la troubla et elle se tut une seconde.

— C'était une maison comme toutes les maisons, dotée de tout le confort. Ma chambre avait été préparée…
— Votre chambre ? s'exclama le policier.

Elle hocha la tête sans se laisser distraire.

— Il y avait là des vêtements prévus à mon intention. Ils étaient à ma taille et correspondaient à mes goûts. Comme pour Blanche-Neige. Il y avait un lit et quelques-uns de mes tableaux préférés étaient accrochés aux murs. Dans la bibliothèque m'attendaient une Bible et des exemplaires de tous les livres que j'aime. Il y avait un boudoir et une coiffeuse – comme s'il avait pu lire mes pensées et deviner mes goûts les plus secrets. Il avait exaucé tous mes vœux.

De nouveau, elle dérivait d'un ton monocorde et s'exprimait comme si elle était entrée en transe, comme une somnambule, et je me demandai si ce n'était pas l'effet du chloroforme.

— Au fond trônait un grand orgue à trois claviers, avec jeux de pédales, et aussitôt il se mit à jouer, juste après m'avoir servi des fruits et un verre de vin. Il n'avait pas besoin de me dire de quel morceau il s'agissait. C'était son opéra. Vous savez bien (elle me lança un bref regard), *Le Triomphe de Don Juan*, l'œuvre à laquelle il avait si longtemps travaillé. J'écoutai – c'était féerique – et il commença à chanter. À ce moment-là, je fus envahie d'une façon très étrange par un désir désespéré, qui appartenait au rêve, vous comprenez – au rêve que j'étais en train de vivre. Je m'avançai dans son dos en silence, comme attirée par la musique, mais également poussée par une force intérieure, comme si j'avais été hypnotisée, que je ne pouvais ni expliquer ni combattre.

Elle s'interrompit.

— Et alors ?

De sa main libre, elle mima ce qu'elle avait fait ensuite.

— J'arrivai derrière lui, et là, aussi soudainement que doucement, je lui arrachai son masque.

Elle lâcha un râle et mit sa main devant sa bouche, comme pour étouffer son souvenir, à moins que ce ne fût pour épargner le sommeil de son amoureux, je ne saurais le dire.

— Il se retourna aussitôt. Ah ! ce visage. Je peux bien vivre mille ans, je n'oublierai jamais ce visage. Vous savez, vous, monsieur Sigerson. Vous l'avez vu.

Croyant qu'elle attendait ma confirmation, je la lui donnai, mais elle ne sembla pas en prendre conscience, apparemment partie trop loin dans sa mémoire.

— Mais plus étrange encore que le visage, si déformé par la surprise et la colère, au-delà de toute description, il y avait ce qui sortait de sa bouche ! Pas de langage, pas de jolie voix, pas de voix du tout, mais à la place une sorte d'horrible couinement ! Il se jeta sur le sol et se prosterna à mes pieds, les mâchoires écartées mais n'émettant qu'une gamme de grincements, de cris étouffés, de... de...

Elle ne trouvait plus ses mots et elle-même ouvrait la bouche sur du silence, comme un poisson. Mifroid la regardait totalement médusé.

— Et au bout du compte, il tendit une main tremblante vers moi. Je savais ce qu'il voulait. Ce qu'il lui fallait. Je tenais encore son masque, vous comprenez. Dans un geste automatique, je le lui rendis. Vous n'auriez pas fait autre chose, si vous l'aviez vu, aussi pitoyable que le pire mendiant infirme réfugié sous le pont Neuf, mais plus malheureux que le plus malheureux, avec ce visage à épouvanter un aveugle. De ses doigts fébriles, il s'empara du masque et parvint, non sans difficultés, à le remettre en place. Et là, ce fut comme s'il avait reconstruit sa personnalité. Il se releva, s'appuyant d'abord sur un coin de table, puis, l'ayant lâché, il tangua devant moi tel un homme ivre. Je l'entendis se parler à lui-même, faire des essais, s'assurer que sa voix était revenue en même temps que son aspect habituel. Lorsqu'il s'exprima de nouveau, des mots magnifiques et mélodieux sortirent de sa bouche, bien qu'il fût terriblement en colère. « Êtes-vous satisfaite ? » s'exclama-t-il sur le ton de quelqu'un qui a le cœur brisé. « Maintenant, vous connaissez mon secret ! Êtes-vous satisfaite ? Imaginez-vous ce que ça peut me coûter de m'être montré à vous ainsi, moi qui vous aime comme la nuit peut adorer le soleil ? » Je me mis à trembler devant pareille déclaration et ne savais que répondre. « Durant des jours, des semaines, des années même, j'ai vécu dans mon royaume de ténèbres perpétuelles, sans rien désirer – jusqu'au moment où je vous ai entendue. » Il suffoqua en prononçant ces paroles, comme un noyé suffoque au moment où l'eau entre dans ses poumons. « Jusqu'au moment où je vous ai entendue et où mon cœur a commencé à battre à la folie à votre seul nom. » « Qu'attendez-vous de moi ? » lui demandai-je dans un souffle, avec des sanglots de compassion et de terreur. « Que dois-je faire ? » « Mon opéra est achevé », me répondit-il nerveusement. « Je vous l'avais dit. C'est l'œuvre de ma vie. Je voudrais que vous l'interprétiez avec moi. Seule votre voix est digne de mon héroïne. » « Et ensuite, je pourrai partir ? » La question sembla le surprendre. « Où voulez-vous donc aller ? dit-il. Il y a ici tout ce que vous pouvez souhaiter au monde. » Lorsque je lui expliquai que je désirais retourner chez moi, auprès de Mère Valerius, il s'énerva et se mit à arpenter la chambre. « Vous ne vous conduisez pas honnêtement avec moi ! » cria-t-il. « Ce ne sont pas les caresses de la vieille femme qui vous manquent ! » Et comme j'insistais pour qu'il me rendît ma liberté quand nous aurions chanté, il me jeta sur le lit et lança : « Chez vous, c'est ici ! Vous serez ma femme, ma reine, et ici, à jamais, sera votre domaine ! » Comme vous vous en doutez, ces paroles m'épouvantèrent. Maintenant que j'avais vu son visage et entendu son discours, j'avais compris que j'avais affaire à un fou. Il avait déjà tué pour moi, et qui pouvait dire qu'il ne recommencerait pas ? Et pendant tout ce temps, il y avait de terrifiantes secousses tout autour de nous, et il serrait les poings et proférait des menaces en direction du plafond, véritable bête féroce en pleine jungle. Je me dis alors qu'il n'y avait pas d'autre moyen de le calmer que d'accepter de chanter son opéra.

Il y eut un long silence. Le vicomte bougea dans son sommeil et, comme si elle voyait en lui la preuve de son salut, elle déposa un baiser passionné sur son front.

— L'œuvre est assez longue et il nous fallut pas mal de temps pour la chanter, d'autant plus que son auteur avait des idées très précises sur l'interprétation. Je me rendis compte toutefois que mes efforts l'apaisaient et le satisfaisaient. Il semblait enthousiasmé par sa propre musique. Je dois d'ailleurs avouer que je la trouvais plus belle encore que tout ce qu'il avait pu m'en dire. Mais j'étais encore si terrorisée que nous devions fréquemment nous arrêter pour que je puisse me reposer, ce que le compositeur acceptait avec réticence. La plupart du temps, il venait me tirer du sommeil. Il était tellement habité par la nécessité d'arriver au finale qu'il ne se souciait plus ni de ma fatigue ni de ma peur. Plus tard, j'entendis mon nom, de l'autre côté du mur, dit-elle en caressant tendrement le visage soucieux du jeune homme jusqu'à ce qu'il recouvre sa sérénité et qu'un sourire se dessine sur ses lèvres. Le reste, je pense que vous le savez déjà.

Et sa voix était maintenant un murmure aussi ténu qu'une brise du soir.

Lorsqu'elle releva la tête, des larmes silencieuses couraient sur ses joues.

— Promettez-moi, monsieur, me supplia-t-elle en me regardant dans les yeux, promettez-moi qu'il ne reviendra plus jamais.

— Je vous le promets, mademoiselle.

Alors elle s'effondra en sanglots convulsifs qui me parurent devoir durer jusqu'à la fin des temps.

Il était l'heure pour moi de partir.

Épilogue

Sherlock Holmes vida sa pipe de ses cendres et étira ses bras au-dessus de sa tête. C'était le crépuscule, pas « l'heure bleue », mais un bon vieux crépuscule anglais, avec un brouillard gris tenace venant de la Manche, et du froid qui prenait la relève du soleil et nous fit tirer nos fauteuils plus près de l'âtre où mourait le feu. Dehors, on n'entendait plus le joyeux bourdonnement des abeilles mais plutôt, me sembla-t-il, dans le lointain, le bruit furieux des vagues.

— Le métropolitain de Paris a été ouvert au public en 1900. Il n'arrive pas à la cheville du nôtre, évidemment, et ils n'ont jamais terminé la ligne de la rue Scribe, le sol n'étant pas assez stable[1].

— Enfin, vous l'avez vaincu, dis-je en rangeant mes notes en pile régulière.

Il posa un long doigt fin dessus et me fixa de ses yeux gris et brillants.

---

[1]. À ses débuts, le métro parisien était sans doute inférieur au métro londonien, mais de nos jours tout le monde s'accorde pour dire qu'il le surclasse et représente même l'un des réseaux les plus performants du monde. Il y eut beaucoup de morts durant sa construction, du fait de l'instabilité du sol.

— Pas moi, Watson, précisa-t-il en secouant la tête. Ce n'est pas moi. C'est le XXe siècle qui a tué le Fantôme.

Je gardai le silence un moment, digérant l'étrange récit que je venais d'écouter, et mettant de l'ordre mentalement dans le flot de questions qui me brûlait la langue. Holmes devait lui aussi ruminer son histoire. Il contemplait le feu et ne paraissait pas décidé à se lever, comme fasciné par les souvenirs qu'il venait de raviver.

— Ce n'est pas mon plus beau titre de gloire, Watson, je suis persuadé que vous serez de mon avis.

Il sourit, avant de produire ce ricanement sec et quasi silencieux dont il était coutumier.

— Mais, tout de même, vous avez sauvé la vie de Mlle Adler.

— Oui, reconnut-il d'une voix neutre en prenant grand soin d'éviter mon regard.

— Quelque chose d'autre ? demandai-je, en le voyant replonger dans le gouffre de sa mémoire.

Il haussa les épaules d'un air vague.

— Évidemment, je suis retourné bien des fois dans ce tunnel. J'ai eu beau chercher et chercher encore, je ne l'ai jamais trouvé.

— Quoi donc ?

Il me considéra avec la plus grande des surprises.

— Eh bien, l'opéra, voyons, mon cher ami, *Le Triomphe de Don Juan*. Mais tout avait été submergé de terre et d'eau. Pas une page n'a survécu.

Il se gratta l'occiput avec une expression de profond regret.

— Quel dommage ! Comme j'aurais aimé l'entendre dans des conditions normales. J'ai la certitude qu'il s'agissait d'un pur chef-d'œuvre.

Puis il s'ébroua.

— Bah, après tout, il était peut-être tout ce qu'il y a de plus banal et je suis en plein romantisme.

— Vous ?

— Pourquoi cette mine ahurie, mon bon ? J'étais en vacances, à cette époque-là. Et à Paris !

Il se leva et se dirigea vers l'une des bibliothèques, essayant de déchiffrer les titres dans l'ombre qui gagnait du terrain.

— Ah ! il est ici, dit-il en retirant un volume qu'il m'apporta pour que je l'examine. C'est tout ce que j'ai réussi à déterrer.

C'était un exemplaire de l'*Iliade* dans une traduction anglaise, lourd comme si l'eau était restée entre ses pages et qui avait doublé d'épaisseur. Je m'entendis soupirer.

— Et comment expliquez-vous cette référence faite à sa mère ?

— Je ne sais pas quoi en penser. Voilà qui bat gravement en brèche ma théorie – la mienne et celle de Ponelle (et je le vis sourire au souvenir du jeune violoniste). Si ce qu'a affirmé la créature à propos de sa mère est exact, alors nos hypothèses quant à son identité s'effondrent et nous ignorerons à jamais qui il était réellement. Et je crains que cette énigme ne vienne s'ajouter à la liste interminable des questions sans réponses dont le poids ralentit le mouvement de la planète.

— Et le vicomte et Mlle Daaé ? Que sont-ils devenus ?

— Ils se sont mariés et vivent heureux depuis.

Puis il rit, d'un rire sonore, cette fois.

— Enfin, disons qu'ils se sont mariés.

— Ah ! je reconnais mieux là votre sentimentalisme légendaire, dis-je gaiement, et avec un bizarre sentiment de soulagement.

Mais on frappa à la porte.

— Pardon, monsieur Holmes, dit Mme Hudson sur un ton respectueux, le Premier ministre demande à vous voir.

— Ah ! j'arrive tout de suite, madame Hudson.

— Très bien, monsieur.

— Voilà comment ils sont, Watson, lança Holmes lorsqu'elle se fut retirée. Ils envoient d'abord le Foreign Office, et quand ils s'aperçoivent que ça ne prend pas, ils font donner l'artillerie lourde. Je ne peux laisser M. Asquith à l'abandon dans mon salon.

— Mais pourquoi, que se passe-t-il ? demandai-je, car il fallait que l'affaire fût bougrement importante pour que le chef du gouvernement se déplaçât en personne jusque dans les South Downs.

— Vous avez entendu parler de von Bork ?

— Jamais. Qui est-ce ?

— Un sacré gaillard, Watson, dit Holmes en me posant solennellement la main sur le genou. Un joli coco, qui veut en découdre avec notre belle Angleterre !

Il retrouva tout son sérieux.

— De grandes et terribles choses sont en marche, mon bon ami. Ce von Bork est le grain de sable dans ses rouages les plus vitaux, et je suis d'avis qu'il faut l'en extirper.

Il eut un geste résigné :

— Cela va prendre un certain temps de terrasser ce satané von Bork, j'en ai peur. Et ils tiennent absolument à ce que ce soit moi qui m'en charge.

Il écarta les mains, fataliste :

— Vous voulez bien m'excuser [1] ?

---

[1]. En fait, il fallut deux années complètes à Holmes pour anéantir von Bork. On trouvera tous les détails de cette affaire dans *Son dernier coup d'archet*.

— Mais, Holmes, appelai-je comme il atteignait la porte, autorisez-moi une dernière question. Une seule.
Il hésita.
— Une seule, alors.
Une seule, misère ! Mille se bousculaient dans mon esprit, et chacune munie d'un certificat de priorité. Qui était l'assistant du Fantôme ? Quand et comment le vicomte avait-il été blessé ? Qu'était devenu le pauvre Plançon ? Mais, pourtant, il y avait une question plus « athlétique » que les autres et qui, se jetant en première ligne, se posa toute seule sans que j'aie à intervenir.
— Où êtes-vous allé lorsque vous avez quitté Paris ?
Les paupières de Sherlock Holmes battirent dans la lumière mourante tandis qu'il se figeait, moitié dans la pièce et moitié dehors.
— Au Monténégro, mon vieux. Au Monténégro.
Il me fallut quelques instants pour comprendre ce que cela signifiait.
Et quand je réalisai enfin, il était sorti.

Remerciements

D'habitude, à la fin de ces pastiches, je n'ai de cesse d'exprimer ma gratitude et mon admiration au joyeux génie d'Arthur Conan Doyle, dont la création a apporté tant de bonheur à de si nombreux lecteurs.

Cette fois-ci, mes remerciements à Doyle doivent s'accompagner d'une reconnaissance tout aussi grande envers l'homme qui a écrit *Le Fantôme de l'Opéra*. Que le chef-d'œuvre fantastique de Gaston Leroux ne soit pas plus lu de nos jours me dépasse – sans doute la profusion de films et téléfilms (pour ne rien dire du célèbre opéra rock) a-t-elle dissuadé les éditeurs de se lancer dans des rééditions, mais ils ont tort. Pour me faire pardonner mes emprunts à son récit et les improvisations auxquelles je me suis livré, j'ai jugé bon d'attribuer à Gaston Leroux le rôle de mon chef d'orchestre, et de lui laisser affirmer, non sans raison, qu'il était totalement responsable et que le plus petit détail ne pouvait lui échapper. Il est d'ailleurs permis de penser que Leroux était un grand admirateur de Sherlock Holmes, et il était bien naturel d'imaginer leur rencontre.

Une confession : Leroux déclare que les événements qu'il s'apprête à décrire se sont produits « il n'y a pas plus de trente ans ». Puisque son roman est paru en 1911, cela semble indiquer 1881, date incompatible avec la chronologie holmesienne. J'ai donc donné un sens large aux mots « pas plus de » et situé l'action de mon Fantôme dix ans plus tard. J'espère que nul ne s'offusquera de cette petite liberté[1]. En outre, je suis évidemment le débiteur de tous les étudiants et chercheurs qui se sont penchés sur Sherlock Holmes, en tête desquels je place le regretté William S. Baring-Gould, auteur de la première biographie de Holmes et des notes de l'édition complète de Clarkson N. Potter. Pour moi, sa chronologie fait loi.

Deux ouvrages de référence m'ont aussi beaucoup aidé : *Sherlock Holmes et le Dr John H. Watson : Une encyclopédie de leurs énigmes*, par Orlando Clark ; *Encyclopaedia Sherlockiana : Dictionnaire universel de Sherlock Holmes et de son biographe, John H. Watson, docteur en médecine*, par John Tracy.

Je remercie également Otto Friedrich pour son histoire indiscrète du Second Empire, *Olympia : Paris à l'époque de Manet*, qui a alimenté mon intérêt pour la France du XIXe siècle bien avant que l'idée ne me vienne d'écrire ce livre, ainsi que le guide Michelin de Paris qui, lui, est intervenu après.

Un merci tout particulier à ma femme, Lauren, dont la patience, les avis, les encouragements, la compétence

---

[1]. Que l'auteur se rassure, nul ne s'offusquera de cette petite liberté. Ni d'ailleurs de la grande qu'il tient étrangement sous silence. En effet, comme il nous l'explique, l'action du roman se situe en 1891. Or, cette date, si elle est tout à fait compatible avec la chronologie holmesienne, l'est beaucoup moins avec celle de Charles Garnier qui était alors encore bien vivant et ne devait nous quitter (pour le Père-Lachaise ?) qu'en 1898 ! *(N.d.T.)*

éditoriale et l'infatigable enthousiasme m'ont permis de surmonter les moments de doute.

Mais il me faut mentionner un dernier soutien.

— Alors, comme ça, ton père est psy ? ai-je entendu durant toute mon enfance. Est-ce qu'il est freudien ?

Comment pouvais-je le savoir ?

— C'est une question idiote, me répondit mon père en allumant sa pipe.

— Comment ça ?

— Eh bien, parler de l'histoire de la psychanalyse sans prendre Freud comme point de départ, c'est comme parler de l'histoire de l'Amérique sans prendre les Indiens – ou Christophe Colomb – comme origine. Mais supposer que rien ne s'est passé depuis Christophe Colomb, ce n'est pas seulement absurde, c'est parfaitement faux. Et ce serait tout aussi rigide et doctrinaire de se comporter comme si rien ne s'était passé depuis Freud.

(Et là, il se lança dans l'histoire de la carte de Christophe Colomb, citée au début de ce roman.)

— Quand je reçois un malade, poursuivit mon père, j'écoute ce qu'il a à me dire. J'écoute comment il me le dit. J'essaie de deviner ce qu'il ne me dit pas. À partir de ces diverses observations, j'utilise tout ce que j'ai pu amasser d'expérience clinique. En fait, je cherche des indices – et c'est chez lui qu'ils se trouvent – pour tenter de déterminer pourquoi il n'est pas heureux. Freud ne m'est alors plus d'aucun secours.

Il y eut un long silence durant lequel je méditai ses paroles. Je le regardai tirer tranquillement sur sa pipe. Tout à coup, je sus à qui, depuis le début, Sherlock Holmes me faisait penser.

Merci papa.

Table

Préface du responsable de la publication	9
Introduction : La reine morte	17
1. Retour à la vie	34
2. De petites choses	52
3. Un fantôme personnel	65
4. Premier sang	81
5. Récit du vicomte	89
6. Mon pseudonyme	99
7. L'ange gardien	107
8. Deuxième sang	116
9. L'ange à l'œuvre	131
10. Récitatif	145
11. Dans la nécropole	157
12. Près du ciel	173
13. Un bal masqué	181
14. Les Enfers d'Orphée	191
15. La bouteille de lait	210
16. Nobody	220
17. Diminuendo	229
Épilogue	241
Remerciements	247

*Cet ouvrage a été composé
par Atlant'Communication
aux Sables-d'Olonne (Vendée)*

Impression réalisée par

ROSÉS

*pour le compte des Éditions Archipoche
en novembre 2009*

Imprimé en Espagne
N° d'édition : 122
Dépôt légal : janvier 2010